AF191589

Vantell J. LaRoche

Adam Coon

—

Der Tod serviert mit Essig

Roman

Bibliografische Information der Deutschen Nationalbibliothek:
Die Deutsche Nationalbibliothek verzeichnet diese Publikation in der Deutschen Nationalbibliografie; detaillierte bibliografische Daten sind im Internet über http://dnb.dnb.de abrufbar.

2ter November 2018

6te Auflage

Herstellung und Verlag: BoD – Books on Demand, Norderstedt

ISBN: 978-3-7597-0668-3

WIDMUNG

An meine Inspiration.

DER AUTOR

Vantell J. LaRoche.

Ein Pseudonym, hinter dem sich ein junger Schreiberling ver-
steckt - im wahrsten Sinne. Denn Vantell wurde 2002 in der
kleinen Stadt Görlitz geboren.

Im Jahre 2012 fand der Schreiberling die Liebe zur Literatur
und Fremdsprachen und verfasst seither auch eigene Werke.
Das bislang größte Projekt dabei ist die Buchreihe zu Adam
Coon. Mit abertausenden Worten, Sarkasmus und schlechten
Witzen wird das Leben des Coons mit Höhen und Tiefen
gestaltet.

PROLOG

14. Oktober, 2012.

Die Frau rannte durch den Central Park auf die Lower East Side zu. Den Mantel nur halb zugeknöpft, die High-Heels in den Händen. Ihre Tasche hatte sie unterwegs verloren. Sie war auf der Flucht und wollte gerade die Straßenseite wechseln, als sie von hinten gepackt und weggeschleppt wurde.

KAPITEL EINS

15. Oktober, 2012.

Es war vier Uhr früh, als ihr Telefon klingelte. „Grant?"

„Wir haben einen Mord. Central Park East."

„Okay. Ich bin in zwanzig Minuten da."

Mordermittlerin Detective Melinda Grant legte das Telefon weg und stand auf. Sie ging in ihr Badezimmer und betrachtete sich im Spiegel. Ihre blonden Haare fielen ihr zerzaust über die Schultern und ihre grauen Augen waren noch verschlafen. Als sie mit der allmorgendlichen Hygiene fertig war, schnappte sie sich ihre Schlüssel und fuhr anschließend zum Tatort.

„Morgen, Mel."

„Morgen, Ti", grüßte sie ihren Kollegen und Freund Detective Tico El Asustín. Beide liefen zur Gerichtsmedizinerin Doktor Alexa Nye, wo bereits Detective Maxwell O'Connor auf sie wartete. „Was hast du für mich, Alexa?", fragte Grant ihre beste Freundin.

„Nora Tremblay. Zweiundzwanzig Jahre alt. Meines Erachtens nach seit circa vier Stunden tot. Bis jetzt deutet alles auf einen einfachen Messerstich ins Herz."

„Okay. Max, irgendwelche Zeugen oder Überwachungsvideos, die uns helfen?"

„Zeugen keine, aber das Geschäft dort", O'Connor zeigte auf eine Boutique, „hat einen möglichen Tatverdächtigen aufgezeichnet, wie er gegen null Uhr den Park verlässt."

Auf dem 17ten Revier.

„Max, Foto durch das System jagen. Ti, du kümmerst dich um den Freund von Nora Tremblay. Und ich geh' zu Alexa."

Grant wollte gerade in den Fahrstuhl steigen, als O'Connor „Stopp!" rief. Grant schaute ihn fragend an. „Ich hab' was!"

Noch immer fragend ging Grant zu O'Connor. „Der Mann aus dem Park soll er hier sein. Adam Coon."

„Adam Coon? Der Ex-Attentäter Adam Coon?"

„Kennst du noch einen? Anscheinend sollte man das Ex vor Attentäter weglassen."

„Sehr witzig. Such lieber nach seiner Adresse oder so. Wir brauchen auf jeden Fall etwas, was uns seinen Aufenthaltsort verrät. Sag mir sofort Bescheid, wenn du was hast. Ich bin bei Alexa."

In der Gerichtsmedizin.

„Hast du was Neues?", fragte Grant ihre Freundin.

„Und ob, Süße. Ich habe vorhin mit der Autopsie begonnen und wollte gerade den Mageninhalt untersuchen, als ich das hier entdeckte." Nye hob den Hautlappen an und wies auf das, was sich darunter verbarg.

„Was ist das?" Grant machte ein angewidertes Gesicht.

„Ihre Organe", antwortete die Latina.

„Das ist mir klar, aber warum sind sie schwarz?"

„Essig-Essenz." - „Essig-Essenz?"

„25-prozentige. Gut zum Unkraut entfernen. Und noch besser, um zu töten. Bei hoher Dosis verätzt es die Organe, sodass sie schwarz werden und den Menschen langsam sterben lässt."

„Also war der Messerstich ins Herz ..."

„Nur Dekoration. Post mortem."

Stunden später auf dem Revier.

„Max, es ist neunzehn Uhr. Wie lange willst du noch nach dieser verfluchten Adresse suchen?"

„Erstens ist es mir egal, wie spät es ist. Zweitens will ich Mel

nicht enttäuschen. Und drittens, Ti, hab' ich's gleich ge-
schafft."

Es machte Pling, die Fahrstuhltüren öffneten sich und Grant
trat heraus. „Und?"

„Gleich", antworteten Asustín und O'Connor zusammen.
Grant musste schmunzeln. Nicht nur wegen des ständigen
Synchronismus der beiden, sondern auch, weil O'Connor wie
ein Geisteskranker auf der Tastatur herumtippte - und das
schon seit einer geschlagenen Ewigkeit. Ohne Pause. Plötzlich
sprang O'Connor auf und rief: „Endlich! Ich hab' sie!"
Asustín gab seinem Kollegen ein High-five.

„Und wie lautet die Adresse?", fragte Grant gespannt.

„Schaut selbst. I-ich muss jetzt erst mal pinkeln!" Damit verschwand O'Connor auf dem Herren-WC. Asustín beugte sich
zum Computer und las laut vor: „Atlantic Boulevard, Long
Beach." Grant schnappte sich ihre Jacke und ging zum Aufzug. „Sollten O'Connor und ich nicht lieber mitkommen?"

„Nicht nötig, Ti. Macht Schluss für heute."

Das Anwesen war riesig. Grant zeigte der Security ihre
Dienstmarke und wurde kurzerhand darauf von einem
Dienstboten in ein ebenfalls riesiges Ankleidezimmer, voller
Anzüge, Hemden, Schuhe und Krawatten geführt. Im Zent-
rum des Raumes stand ein Mann. Groß, muskulös, schwarze

Haare. „Adam Coon?" Der Mann drehte sich um und knöpfte den letzten Manschettenknopf zu.

„Was kann ich für Sie tun, Detective?", wollte seine tiefe Stimme wissen.

„Woher wissen Sie -"

„Sie kommen unangekündigt hierher, stapfen einfach hier herein, ohne zu fragen, ob ich überhaupt etwas anhabe. Sagen mit eisigem Unterton *Adam Coon* und schweigen dann, bis ich Ihnen eine Antwort gebe. Eindeutiges Verhalten eines Detectives. Ihrem Gesichtsausdruck zufolge habe ich Sie gerade völlig aus dem Konzept gebracht. Also noch einmal von vorn: Was kann ich für Sie tun?"

Grant hatte gar nicht bemerkt, dass er ihr nur noch einen halben Meter entfernt war, weshalb sie einen Schritt zurückging.

„Umdrehen", sagte sie schroff.

„Ich liebe Frauen, die gleich zur Sache kommen oder allgemein Frauen, die kommen. Wenn Sie verstehen, was ich meine." Coon drehte sich um und legte seine Hände auf den Rücken. Grant legte ihm Handschellen an und wies ihn auf seine Rechte hin. „Adam Coon, Sie sind vorläufig festgenommen wegen Verdachts auf Mord an Nora Tremblay. Sie haben das Recht zu schweigen. Alles, was Sie sagen, kann und wird vor Gericht gegen Sie verwendet werden. Sie dürfen einen Anwalt konsultieren."

16. Oktober, 2012.

„Guten Morgen, Mr. Coon."

„Versuchen Sie etwa witzig zu sein? Sie haben mich sieben Stunden hier schmoren lassen, Detective Grant."

„Und jetzt bin ich ja da. Also bitte nicht so großkotzig." Coon funkelte sie wütend an, während sie sich ihm gegenübersetzte und eine Akte aufschlug. „Also, Adam. Sie wissen, warum Sie hier sind?"

„Nein, nicht ganz."

Grant zog ein Bild aus der Akte. Es zeigte die Brünette Nora Tremblay. „Kennen Sie diese Frau?"

Coon überlegte kurz und antwortete schließlich mit: „Nein."

„Sicher?" - „Ganz sicher."

„Also besteht keine Möglichkeit, dass Ms. Tremblay einer Ihrer Aufträge war?" Coon lachte leise. „Was ist so witzig?"

„Die Tatsache, wie jämmerlich die Behörden heutzutage sind." Grant blinzelte ihn skeptisch an. „Sie sind schon die Fünfte in diesem Monat, die mir einen Mord anhängen will. Ich möchte nicht unhöflich sein, aber ich sage es jetzt ein allerletztes Mal. Ich habe seit drei Jahren niemanden mehr getötet! Fragen Sie bei der FINK-Gesellschaft nach."

„Warum sollte ich Ihnen glauben?"

„Vor drei Jahren starben meine Frau und meine Tochter. Ich kam damit nicht klar, kündigte bei der Gesellschaft. Rufen Sie dort an und die werden Ihnen dasselbe erzählen."

„Ah ja ... Wo waren Sie vorgestern Nacht zwischen dreiund-
zwanzig Uhr und vierundzwanzig Uhr dreißig?"

„Auf einer Privatparty. Lower West Side."

„Das Opfer wurde East Side gefunden. Es dauert nur fünfzehn Minuten von Lower West nach Lower East, und Sie
hätten durchaus die nötige Zeit und Mittel gehabt. Was sagen
Sie dazu?"

„Dass Sie wunderschöne Augen haben."

„Ja, euh. Warte, was?"

„Ihre Augen, die sind wunderschön."

„Würden Sie bitte meine Frage beantworten."

„Ich habe auf der Party eine Frau kennen gelernt. Wir sind
gegen viertel zwölf zu ihr."

„Und *zu ihr* bedeutet wo?" - „Lower East Side."

„Interessant. Und weiter?" - „Sie wissen, was Sex ist?"

„Ja", antwortete Grant.

„Wollen Sie Details?"

„Nein!"

„Schade. Wie dem auch sei, dreiviertel zwölf bin ich dann
gegangen. Zurück zur Party."

„Sie sagen also, Sie sind unschuldig?"

„Genau."

„Warum glaube ich Ihnen nicht?"

„Weil Sie nicht wollen", stellte Coon fest.

„Wie darf ich das schon wieder verstehen?"

„Sie sind Cop. Ich war mal Attentäter. Leute wie Sie hegen Vorurteile gegen Leute wie mich. Für Sie werde ich immer der Schuldige sein. Aber glauben Sie mir, ich war es nicht." Bei dem letzten Satz beugte sich Coon nach vorn und sah Grant tief in die Augen. Erst jetzt bemerkte sie, dass seine braunen Augen einen leichten Stich von Grün enthielten.

„Ich werde jetzt Ihr Alibi überprüfen. Dann werden wir ja sehen, ob Sie so unschuldig sind, wie Sie behaupten."

Coon nickte und lehnte sich zurück in den Stuhl.

„Ti, wie sieht es aus?"

„Adam Coon sagt die Wahrheit", teilte er Grant mit.

„Somit stehen wir wieder am Anfang", fügte O'Connor hinzu. Danach ging Grant in den Verhörraum, wo Coon nach wie vor saß. „Schön, Sie wiederzusehen, Detective", grüßte er sie. Wortlos nahm Grant ihm die Handschellen ab. „Sie dürfen gehen, Adam. Ihr Alibi hat sich bestätigt", antwortete sie auf seinen fragenden Blick.

„Tja, Detective, was soll ich dazu sagen?"

„Am besten gar nichts. Ich würde Sie bitten, sich für uns bereitzuhalten, falls wir noch ein paar Fragen haben."

„Klar." Coon griff in seine Jackentasche und holte Stift und

Zettel hervor. Schnell schrieb er etwas auf und gab den Zettel anschließend Grant. „Rufen Sie mich einfach an, insofern Sie *Fragen* haben", sagte er und betonte dabei das Wort extra stark. Coon stand auf und ging. Grant hingegen verweilte kurz im Verhörraum, bis sie zurück ins Großraumbüro ging und den Zettel in ihrer Tasche verstaute. Danach gesellte sie sich zu Asustín und O'Connor, die die Informationen am Mordfallbrett erneut überflogen. „Max?"

„Hm?.."

„Du sagtest doch, du und Ti hättet die anderen Verdächtigen schon verhört und überprüft?"

„Ja, aber ohne Erfolg."

Grant seufzte enttäuscht. „Wir müssen irgendetwas übersehen haben."

„Am besten, wir gehen nochmal alles durch, oder?" Grant und O'Connor stimmten Asustín nickend zu.

KAPITEL ZWEI

18. Oktober, 2012.

Die drei Detectives saßen an ihren Schreibtischen und versuchten, einen Hinweis zu finden, der sie zu Nora Tremblays Mörder führte - vergeblich. Das Einzige, was wir herausgefunden haben, ist, dass wir schleunigst eine neue Kaffeemaschine brauchen, dachte Grant. Völlig in Gedanken bei diesem ekelhaften Kaffee, bemerkte sie gar nicht, dass jemand vor ihr stand. Erst als er sich räusperte, schaute sie auf und musste unwillkürlich lächeln. „War die Sehnsucht nach mir so groß, Detective?"

„Schön, dass Sie kommen konnten, Mr. Coon. Setzen Sie sich, bitte."

„Danke. Aber nennen Sie mich doch Adam. Mr. Coon klingt so formell."

„Meinetwegen", willigte Grant ein.

„Also, Detective Grant, was verschafft mir die Ehre?"

„Es geht nach wie vor um den Mord an Ms. Tremblay. Wir haben nur wenige Informationen, und gerade hilfreich sind die auch nicht."

„Trotz alldem haben Sie einen Verdacht, stimmt's?"

„Stimmt. Ich vermute, dass es sich bei dem Mord um einen Auftragsmord handelt."

„Nichts gegen Ihre Theorie, aber wie kommen Sie darauf?"

„Hier, da steht alles drin." Grant reichte Coon die Fallakte.

„Hmpf, hört sich wirklich nach einem Auftragsmord an."

„Die Mafia?"

„War das eine Frage oder eine Feststellung?"

„Sagen Sie's mir, Adam."

„Ich denke nicht, dass es die Mafia war. Die Mafia tötet schnell und nicht mit ... mit Essig und einem Messerstich als Dekor."

„Okay", seufzte Grant.

„Bleiben nur noch die Organisationen und Gesellschaften."

„Und wie viele gibt's davon hier in New York?"

„Eins, zwei, drei, vier ... circa dreißig. Sollte es wirklich eine Organisation sein, dann ist die Chance den Mörder beziehungsweise den Auftraggeber zu schnappen gleich null. Verstehen Sie, was ich meine?"

„Der Auftrag musste ja nicht unbedingt aus New York kommen. Er konnte genauso gut aus einem anderen Bundesstaat oder sogar aus einem anderen Land kommen", schlussfolgerte sie und wurde von Coon mit einem Nicken bestätigt.

Dann schwiegen die beiden und überlegten. Und überlegten. Und überlegten, bis Coon das Wort ergriff. „Sie denken gerade nach, wie Sie schnellstmöglich Kontakt zu den Organisationen aufnehmen können, ohne dabei bis spät in die Nacht zu arbeiten, oder?"

„Mein Team und ich schaffen das nie im Leben. Selbst mit Ihrer Hilfe würde das mehrere Wochen dauern, und die haben wir nicht."

„Uns bleibt nichts anderes übrig."

Grant legte ihren Kopf in den Nacken und stöhnte frustriert auf. Danach wandte sie sich an ihre Kollegen. „Ti, Max?" Die zwei Detectives schauten auf. „Darf ich vorstellen, unser neuer Berater Adam Coon. Adam, das sind Tico El Asustín und Maxwell O'Connor." Die drei Männer warfen sich skeptische Blicke zu. Grant fuhr fort: „Wir vier werden die nächsten Stunden damit verbringen, Kontakt mit sämtlichen kriminellen Organisationen in New York aufzunehmen."

„Warum?", hinterfragte Asustín.

„Detective Grant sagte mir, dass es kaum Informationen und Hinweise gäbe, was schon mal auf einen professionellen Auftragsmord deuten kann. Die Mafia ist es nicht, da ihre Vorgehensweise komplett anders ausschaut. Somit stehen nur noch

Organisationen oder Gesellschaften zur Wahl", erklärte Coon und erhielt ein zustimmendes Grummeln beider Männer.

Wenig später saßen die Detectives an ihren Computern und Telefonen, währenddessen Coon für alle Kaffee und Plunderstücke besorgte. Bis jetzt hatten sie gerade mal eine Telefonnummer. Die der Organisation N.A.S. (= National Assassination Service). „Wie weit sind Sie?", wollte Coon wissen, als er mit der Verpflegung zurückkehrte.

„Eine", sagte Asustín niedergeschlagen.

„Ist doch gut", meinte der Berater.

„Gut?", riefen die drei Detectives.

„Sie suchen doch erst seit zwei Stunden. Außerdem sind Sie Cops. Glauben Sie etwa, dass man Ihnen ohne weiteres, einfach so, solche Kontaktdaten übermittelt?" Die drei schüttelten die Köpfe und tranken dann ihren Kaffee, den Coon ihnen unterdessen hingestellt hatte. „Sehen Sie. Also, haben Sie schon beim", Coon blätterte kurz nach dem Namen, „N.A.S. angerufen?"

„Haben wir, besser gesagt ich", antwortete Grant.

„Und?"

„Eine ältere Dame ging ran", resignierte sie. Alle schmunzelten, außer Grant. „Ti, Max, weiterarbeiten! Und Sie, Adam, herkommen, setzen und mir helfen", befahl sie.

„Wie könnte ich dazu nur *Nein* sagen? Bei einem so attraktiven Detective wie Ihnen, Mel", fing Coon an zu flirten.

„Setzen Sie sich einfach oder soll ich Sie wegen Belästigung am Arbeitsplatz anzeigen?"

„Ich arbeite hier doch gar nicht offiziell", grinste er.

„Touché", erwiderte sie sein Grinsen.

„Okay, Mel, was haben Sie am Telefon gesagt?"

„Das Übliche. Hallo, hier spricht Detective Melinda Grant vom NYPD."

Coon hob eine Augenbraue. „Das haben Sie wirklich gesagt?"

„Ja."

„Sie rufen bei einer kriminellen Organisation an und sagen: *Hier spricht Detective Melinda Grant vom NYPD?*"

„Jetzt, wo Sie es sagen, war das wirklich ..."

„Stümperhaft von Ihnen? Ich weiß." Coon griff nach der Telefonnummer, tippte sie in sein Telefon ein und drückte auf Wählen. „Hören Sie zu und lernen." Danach stellte er es laut und die Stimme der alten Frau schrillte durch den Raum. „Wer ist da?"

„Coon, Adam." Ein leises Klicken, dann eine männliche Stimme. „Adam Coon? Haben Sie sich nach anderthalb Jahren doch noch dazu entschieden, für den N.A.S. zu arbeiten?"

„Nein, ich wollte mich bei Ihnen beschweren, Mr. Webber."

„Ach ja, wieso?"

„Ich wollte wieder ins Geschäft einsteigen. Mein Auftrag lautete Nora Tremblay. Es wäre alles glattgelaufen, wäre mir da nicht einer Ihrer Leute zuvorgekommen."

„Nein. Nein. Nein. Nie im Leben."

„Was macht Sie da so sicher?"

„Warten Sie kurz. Ich schaue schnell im System nach." Das leise Klicken und Klacken Webbers Tastatur war durch das Telefon wahrnehmbar. Nach einer gefühlten Ewigkeit meinte der Chef des N.A.S. schließlich: „Wie bereits gesagt, keiner meiner Leute hat eine Frau namens Nora Tremblay aus dem Verkehr gezogen." Mit diesen Worten legte er auf.

„So wie es aussieht, hat der N.A.S. nichts damit zu tun", stellte Grant fest.

„Hey, nicht verzagen. Uns bleiben doch noch neunundzwanzig weitere Optionen", witzelte Coon. Grant knurrte mürrisch und lief zum Pausenraum, gefolgt von ihrem Berater.

„Ach, kommen Sie! Wetten, wenn wir jetzt zu Tico und Maxwell gehen, dass sie schon die nächste Nummer haben", sagte er.

„Einverstanden, wetten wir. Was ist der Einsatz?"

„Wenn ich gewinne, gehen Sie, Melinda, morgen Abend mit mir essen. Sollten Sie aber gewinnen, dann mache ich einen Tag lang das, was Sie wollen."

„Egal, wie peinlich es ist?"

„Egal, wie peinlich es ist", stimmte er ihr zu. Die beiden gaben sich die Hand und gingen zurück ins Großraumbüro, wo Asustín und O'Connor gerade etwas an das Mordfallbrett schrieben. „Na, Jungs. Was Neues?", fragte Coon und warf Grant dabei einen siegessicheren Blick zu. Grant rollte mit den Augen und wandte ihren Blick zu ihren Kollegen.

„Sag du es, Ti", schlug O'Connor vor, doch bekam nur ein Kopfschütteln seines Partners. „Nein, Mann. Mach du, Max."

„Leute!", funkten Coon und Grant dazwischen.

„Entschuldigt. Also, Ti und ich haben zwei neue Nummern", erklärte O'Connor.

„Klasse Arbeit, Jungs", lobte Coon strahlend bis über beide Ohren. „Ich weiß, ich bin nur zeitweiliger Berater und habe kein Recht, Ihnen Befehle zu erteilen, trotzdem wäre es nett, wenn Sie zwei schon mal anfangen würden, sich durchzutelefonieren. Detective Grant und ich haben nämlich noch etwas zu besprechen, stimmt's?"

„Richtig, Mr. Coon", stimmte Grant genervt zu.

„Und ja nicht mit NYPD vorstellen!", rief Coon, bevor er mit Grant im Pausenraum verschwand. Er schloss die Tür und ließ sich auf das Sofa fallen. Grant stellte sich ihm gegenüber.

„Was grinsen Sie so selbstgefällig?", fragte sie.

„Ich habe die Wette gewonnen, wodurch ich morgen mit dem hübschesten, toughsten und mit Abstand attraktivsten

Detective in ganz New York zu Abend esse." Grant lief rot an. Schnell schaute sie an sich hinunter und tat so, als würde sie sich einen Fussel von ihrem Oberteil streichen. „Adam, wir haben einen Fall und immer noch siebenundzwanzig Organisationen."

„Na und, Sie sehen doch, die Jungs schaffen das allein."

„Der Captain wird das nicht so locker sehen."

Erheitert grunzte Coon. „Der Captain wird das als „ermittlungstechnischen Schritt" sehen, indem wir ihm verklickern, dass wir beide verdeckt einen mutmaßlichen Täter observieren."

„Coon -"

„Da-da-da!", unterbrach er sie. „Wollen Sie einen Typen wie mich wirklich als Feind haben?"

Grant verschränkte die Arme vor der Brust. „Mit Drohen erreichen Sie bei mir gar nichts. Aber wenn ich Sie nur so dazu bringen kann, endlich Ihre Klappe zu halten."

„Also Ja?" - „Ich begleiche nur meine Wettschuld."

Zurück im Büro setzte sich Grant an ihren Schreibtisch und widmete sich unnützen Notizen des Falles. Coon, der hinter ihr stand, beugte sich zu ihr herunter. „Was machen Sie da?", flüsterte er in ihr Ohr. Grant schreckte auf und drehte ihren Kopf nach rechts. Nur Millimeter trennten ihre beiden Gesichter voneinander. „Aufräumen", gab sie genauso leise zurück.

„Wieso?"

„Weil ich für den Fall Ordnung statt Chaos brauche."

„Wenn ihr zwei dann mit Flirten fertig seid, wartet schon eine Leiche auf euch", unterbrach O'Connor sie.

„Wo?", kam es von den beiden unisono.

„162 Madison Avenue Ecke 49ste", antwortete O'Connor.

„Was haben wir, Alexa?"

„Bryan Stanforth. Zweiunddreißig Jahre. Seit circa einer Stunde tot. Keine Zeichen an einem Gewaltverbrechen, Messerstecherei oder Schießerei. Nur das hier", Nye zog eine spitze, rote Feder aus dem Kopf des Toten und hielt sie hoch.

„Hey!", protestierte sie, als Coon die Feder an sich nahm.

„Das ist ein Beweismittel."

Grant räusperte sich. „Alexa, das ist Adam Coon."

„Das ist der gutaussehende Typ mit den wunderschönen Augen, von dem du mir gestern erzählt hast?" Grant schaute ihre Freundin wütend an. Coon war viel zu sehr auf die Feder fixiert, um auf das Gesagte einzugehen. Er gab die Feder zurück an die Pathologin und ging zu seinem Auto. Verwundert schauten ihm die beiden Frauen nach. Grant zuckte mit den Schultern und wandte sich wieder dem Tatort und der Leiche zu. „Wehe dir, wenn du so was nochmal in seiner Gegenwart machst", mahnte Grant nach einiger Zeit.

„Ich hab' doch nur *deine* Worte wiedergegeben. Stehst du etwa auf ihn?" Nyes Worte waren weniger eine Frage, mehr eine Feststellung. Grants Mund klappte auf und wieder zu.

„Schätzchen, hast du mir was zu sagen?", grinste die Gerichtsmedizinerin.

„N-nein", antwortete Grant. Um weiteren peinlichen Fragen zu entkommen, beendete sie schnell ihre Notizen und stieg anschließend zu Coon in den Wagen, ein schwarzer Mustang. Der Mann hat echt Stil, gestand sie sich wiederholt. Die Fahrt zum Revier verbrachten beide stillschweigend, nur die leisen Klänge Miles Davis', dem Jazz-Musiker, waren zu hören.

Als sie auf dem 17ten Revier ankamen, setzten sie sich an Grants Schreibtisch. Die Mordermittlerin schaute Coon neugierig an. Er erwiderte ihren Blick und fragte: „Habe ich etwas im Gesicht oder warum starren Sie so?"

„Nein, Sie haben sich nur merkwürdig am Tatort verhalten."

„Wir kennen uns erst zwei Tage und Sie glauben wirklich, dass Sie mein Verhalten einschätzen können", spottete er.

„Ich bin Detective. Es gehört zu meinem Job, das Verhalten anderer schnell deuten zu können." Coon atmete hörbar aus.

„Na schön. Die Feder ..." Grant nickte. „Die Feder erinnert

mich an einen meiner ehemaligen Schützlinge bei FINK. Am Anfang stellte er sich wie der erste Mensch an. Obwohl, selbst der hätte sich wahrscheinlich nicht so dilettantisch angestellt. Doch im Laufe der Zeit bewies er nach und nach sein ganzes Potential. Er war gut, sehr gut. Er war - nach mir - einer der besten bei FINK. Ist es, soweit ich weiß, immer noch."

„Und wie heißt er?", fragte Grant gespannt.

„Bertram Brick alias Red Bird. Er ist einer von denen, die ihre Aufträge auf extravagante Weise töten." Das Klingeln des Telefons unterbrach Coon in seinem Redefluss. Grant nahm den Hörer ab. „Detective Grant ... Ja, wir kommen sofort." Sie hob den Kopf und sah in die neugierigen Augen ihres inoffiziellen Beraters. „Das war Dr. Nye aus der Pathologie."

„Die Frau vom Tatort. Alexa, nicht? Ihre Freundin, die Sie so gern wiederholt."

„Wohl oder übel, ja. Sie hat etwas herausgefunden", sagte sie und lief zum Aufzug.

„Bei Nora oder Bryan?", fragte Coon, während er ihr hinterhertrottete.

„Bei beiden."

Coon hob eine Augenbraue.

„Was hast du für uns, Alexa?"

„Uns?" Nye drehte sich zu Grant. „Oh, Mr. sexy Playboy ist

auch wieder dabei."

„Unglaublich", kommentierte Coon kopfschüttelnd, „dass man heutzutage sogar zwischen Leichen angemacht wird."

„Leute, die Morde klären sich nicht von selbst auf", funkte Grant dazwischen. Nye führte die zwei zu den Leichen und klappte deren Bauchlappen zur Seite, um freie Sicht auf die Organe zu schaffen. Die Frauen wussten, was sie erwarten würde, nur Coon war ahnungslos. Er beugte sich über die Toten. Keine Sekunde später stolperte er mit der Hand vor dem Mund zurück. „Verdammte Scheiße, sollen das etwa die Organe sein?"

„Ja, verätzt durch Essig", antwortete Nye, während Grant krampfhaft ihr Lachen unterdrückte.

„Also haben wir zwei identische Morde -"

„Und keinen Täter", beendete Grant Coons Satz.

„Nicht ganz, Detective."

„Wie meinen -"

„Kommen Sie!"

Auf dem Revier ergriff der Berater sofort die Initiative. „Tico, Max, hören Sie auf, zu telefonieren und kommen Sie her. Sie auch, Mel." Coon schob das Mordfallbrett von Bryan Stanforth neben das von Nora Tremblay. Die drei Detectives guckten ihren Berater erwartungsvoll an. „Beide Opfer", begann er, „wurden auf dieselbe grausame Weise umgebracht. Ob die zwei etwas miteinander zu tun hatten, wissen wir nicht und ist auch vorerst irrelevant."

„Kommen Sie auf den Punkt, Adam!", platzte es aus Grant.

„Natürlich. Was wir wissen und was wir mit Sicherheit sagen können, ist, dass das keine Zufälle beziehungsweise Unfälle waren, sondern gezielte Auftragsmorde. Und ich weiß auch, wer es war. FINK-Mitglied Bertram Brick aka Red Bird. Ich weiß nicht, warum die Gesellschaft den Tod der beiden wollte. Ich weiß auch nicht, ob Brick mit der roten Feder gezielt auf sich aufmerksam machen wollte. Das Einzige, was ich weiß, ist, dass FINK den Auftrag erteilt, und Brick ihn ausgeführt hat."

„Das heißt, wir müssen keine Nummern mehr heraussuchen?", fragte Asustín hoffnungsvoll.

„Richtig", antwortete Coon. Man konnte die Gebirgsketten, die von O'Connors und Asustíns Herzen fielen, förmlich hören.

„Und wie geht's jetzt weiter? Ich sag' mal, Kontakt zu FINK aufzunehmen, ist die eine Sache. Aber dann auch noch irgendeine Anschrift von Red Bird zu bekommen, die andere. Wahrscheinlich unmöglich", erklärte Grant.

„Da könnten Sie Recht haben", pflichtete Coon ihr bei. „Aber ich denke, wir sollten für heute Schluss machen. Es ist schon

sehr spät und ehrlich gesagt, habe ich für heute genug Poli-
zei-Luft geschnüffelt." Die Detectives stimmten ihm mit
einem Nicken zu und schnappten sich ihre Sachen. Kurz
darauf standen sie zu viert im Fahrstuhl.

19. Oktober, 2012.

„Ach, hat der werte Herr endlich herausgefunden, wie
man die Bettdecke zur Seite schlägt?", höhnte Grant.

„Um einen Platz im besten Restaurant New York Citys zu
ergattern, braucht es nun mal seine Zeit. Da muss sich selbst
ein Multimillionär hintenanstellen", begründete Coon sein
Zuspätkommen. „Außerdem bin ich nicht der Einzige, der
spät dran ist. Ihr Captain, Moreno, ist auch noch nicht da."

„Jetzt, wo Sie's sagen. Wo ist sie?" Schulterzuckend ließ er
sich in dem Stuhl neben Grant nieder. „Keine Ahnung. Ich
habe sie heute Morgen in der Stadt getroffen. Das ist jetzt gut
vier Stunden her."

„Getroffen?"

„Getroffen. In der Nähe eines Kaffeestandes über den Weg
gelaufen. Wie man es nimmt. Auf jeden Fall, haben Farah
und ich wegen heute Abend alles geklärt."

„Farah und ich?" - „Ja."

„Sie beide duzen sich, obwohl Sie erst Bekanntschaft

miteinander gemacht haben?"

„Ja."

„Wow, ich arbeite seit sieben Jahren hier und darf noch nicht mal das Sir oder Ma'am, geschweige denn das Captain vergessen", nuschelte Grant.

„Bitte?"

„Nichts", beteuerte sie. „Sie hat Ihnen das mit dem Undercover-Einsatz also abgekauft?"

Coon schüttelte mit dem Kopf. „Meh, ich habe ihr einfach von der Wette erzählt. Dass Sie, meine Teuerste, verloren haben."

„Sie kleines Arschloch."

„Aber immerhin Ihr kleines Arschloch, Melinda", bemerkte Coon keck.

„Halten Sie einfach die Klappe und kommen Sie mit."

Verwirrt schaute er ihr nach. „Wohin geht es?"

„Vielleicht nach nebenan zu Ti und Max", gab sie kaltschnäuzig zurück.

„Haben wir was Neues?"

„Ja, bald, denke ich."

„Meine Güte, lassen Sie sich doch nicht immer alles aus der Nase ziehen!"

„Und haben Sie mal etwas mehr Geduld."

Laut ausatmend ächzte Coon: „Gott, ich frage mich ehrlich,

wie das heute Abend laufen soll."

„Ich kann's Ihnen sagen. Mel wird Sie nach 'ner halben Stunde mit der Gabel abstechen", fantasierte Asustín.

„Nah, Adam wird Mel abstechen", widersprach ihm O'Connor.

„Wohl kaum, meine Herren. Denn dafür ist deren Ego zu groß und sich zu schade drum. Eher werden sich die Leute um sie herum abstechen, weil die zwei sich jetzt schon aufführen wie ein altes Ehepaar."

„Captain Moreno", begrüßten die Detectives ihre Vorgesetzte.

Nachdem Moreno gegangen war, widmeten sich die vier wieder dem Fall. „Und wie weit sind Sie schon?", erwartungsvoll schweifte Coons Blick durch die Runde. „Genauso weit wie gestern", antwortete Grant.

„Wie jetzt, Sie sind immer noch nicht weiter als gestern? Was haben Sie denn den halben Tag lang gemacht?"

„Wir haben einzig und allein auf Sie gewartet, Coon", verteidigte O'Connor das Team.

„Warum?"

„Na ja, Sie haben doch bestimmt die Nummer von FINK und wir waren uns zu schade, selbst zu recherchieren", meinte Asustín.

„Sie waren sich zu schade?", fragte Coon empört.

„Genau! Also, haben Sie jetzt die Nummer?", hakte O'Connor nach.

„Ja, klar. Aber ..."

„Wo liegt das Problem?"

„Kein Problem, Grant. Es ist nur so, die Nummer ist in meinem Zweittelefon gespeichert, welches ich ausgerechnet heute womöglich nicht dabeihabe."

Naserümpfend und stirnrunzelnd blickte sie ihn argwöhnisch an. „Warum haben Sie ein zweites Telefon?"

„Warum nicht?", konterte er.

„Coon, geben Sie mir eine vernünftige Antwort auf meine Frage."

„Nein?", fragte Coon eher. Grants Blick durchbohrte ihn förmlich. „Nein!", wiederholte er sich entschieden und bekräftigte seine Aussage mit einem Kopfschütteln, „denn genauso gut könnte ich Sie fragen, Melinda, warum in Ihrem Terminkalender steht: *19ter Oktober 20.00 Uhr - Essen mit Adam.*"

„Was ist daran schlimm?"

„Hinter meinem Namen steht ein Herzchen. Warum?" Breit grinsend schaute Coon in Grants rotangelaufenes Gesicht.

KAPITEL DREI

Nachdem die Männer noch weitere dümmliche Bemerkungen von sich gegeben hatten, funkelte Grant sie genervt an. Sofort verstummten sie. Doch die Stille war nicht von Dauer, denn sobald Grant den „Männern" den Rücken zuwandte, brach das Gelächter wieder aus. „Wären die Herren der Schöpfung so freundlich und würden mir sagen, was diesmal so witzig ist", zischte sie. Keiner wagte, etwas zu sagen, bis Coon immer noch feixend nach vorn trat. „Ich werde es Ihnen heute Abend erklären", wich er der Frage aus und wechselte kurz darauf das Thema. „Euh, wollten wir nicht eigentlich bei FINK anrufen?"

„Stellen Sie's lauter", drängelte Grant. Coon hob beschwichtigend die Hand und drückte anschließend auf den Lautsprecher. „A-d-a-m Coon", stellte die Stimme am Hörer fest.

„Michael. Ich meine, Mr. Olivander."

„Was wollen Sie?", fragte Coons ehemaliger Chef.

„Mit Ihnen reden." - „Worüber?"

„Hm", Coon dachte kurz nach, „wie es Ihnen in den letzten Jahren ergangen ist?"

„Adam, Sie lügen."

„Na gut, ich wollte über Bertram Brick reden."

„Oh, ich verstehe, Sie haben es also herausgefunden." Coon und die Detectives warfen sich verwirrte Blicke zu. „Was -" Olivander schnitt ihm das Wort. „Schon gut, ich wusste, dass dieser Tag kommen würde."

„Sir -"

„Nein. Es war klar, dass Sie Brick irgendwann in Verbindung mit dem Tod Ihrer Frau und Ihrer Tochter bringen würden."

„Warten Sie, was?"

„A-am besten regeln Sie das mit ihm selbst. I-ich schicke Ihnen Bricks Kontaktdaten."

„Olivander? Olivander!", schrie Coon. „Er hat aufgelegt."

Binnen kurzer Zeit erreichte sie die SMS mit Bricks Telefonnummer und erstaunlicherweise auch seiner Adresse. Grant griff nach dem Telefon und einem Stift und schrieb die neu gewonnenen Informationen an das Mordfallbrett.

„Hoboken?", sagten die Männer entsetzt. „Ich hasse Hoboken", meinte Coon. „Ich hasse New Jersey", maulte Asustín.

O'Connor befürwortete die Aussagen mit einem: „Ich auch!"

„Okay, wir alle verabscheuen New Jersey. Jedoch ändert es nichts daran, dass er dort wohnhaft ist", warf Grant ein und legte das Telefon zurück auf den Tisch.

„Was machen wir jetzt? Rufen wir Red Bird an?", wollte O'Connor wissen. Schulterzuckend antwortete Grant: „Ich weiß es nicht. Was meinen Sie dazu, Adam? Adam?" Sie stupste ihn an der Schulter.

„Was? Nein, nicht anrufen."

„Was ist los mit Ihnen?", fragte Grant.

„Es war ...", er schloss die Augen und schüttelte den Kopf, „nichts. Alles in Ordnung." Schon setzte er sein typisches *Coon*-Grinsen auf.

„Hey!", kam es von Asustín, „dieser Olivander hat noch was geschickt. Darin steht, dass Red Bird voraussichtlich erst morgen wieder zurück sein wird. Momentan hat er noch einen Auftrag außerhalb der Staaten."

„Das heißt dann wohl, früher Feierabend", stellte O'Connor freudig fest. Zusammen mit Grant verabschiedete sich Coon von den Detectives Asustín und O'Connor und folgte ihr danach in den Fahrstuhl. „Sehr schön, nicht? Jetzt haben Sie noch ein paar Stunden Zeit, bis ich Sie abhole. Apropos Sie müssen mir noch Ihre Adresse geben."

„Als ob ich Ihnen meine Adresse geben würde, Adam."

„Wie jetzt? Aber Sie kennen doch auch meine. Wieso ich dann nicht Ihre? Wie soll ich Sie denn bitte schön abholen?"

„Indem Sie mich hier vom Revier abholen", meinte Grant dezidiert und erhielt von ihrem Berater ein Grummeln. Die Fahrstuhltüren öffneten sich und er trat heraus. „Na dann, bis in sieben Stunden."

„Moment mal, Adam. In sieben Stunden ist es doch erst neunzehn Uhr."

„Daher, dass die Fahrt eine Stunde dauert, passt das schon", grinste Coon verschmitzt.

„Sechzig Minuten lang mit Ihnen in einem Auto? Na schöne Scheiße! Würden Sie mir jetzt aber freundlicherweise sagen, wohin es geht."

„Klar, kennen Sie das Restaurant in der 37sten in Downtown Flushing?"

„Dieses Sushi-Lokal, das Kakurega?"

„Genau." Coon stand schon mit einem Fuß in der Ausgangstür, während Grant immer noch beim Fahrstuhl stand. „Ist Ihnen bewusst, wie teuer das Essen dort ist?", klagte sie.

„Ja. Und ist Ihnen bewusst, wie reich ich bin?"

„Nein."

„Sehr reich." Damit verließ er das Revier und ließ Grant einfach zurück.

Nachdem Coon das Revier verlassen hatte und noch etwas durch Midtown geschlendert war, war er nach Long Beach zu sich nach Hause gefahren, um sich umzuziehen.

Anschließend steuerte er wieder das Revier an, wo er mittlerweile anderthalb Stunden in seinem dunkelblauen Wilvorst-Anzug saß und auf Grant wartete. „Nervös?"

„Warum sollte ich nervös sein?"

„Detective Grant ist eine toughe Frau. Eine meiner besten Leute. Sie schreckt vor nichts zurück, dass solltest du wissen, Adam." Coon wollte noch etwas erwidern, doch er wurde unterbrochen von dem Pling des Aufzugs und der Frau, welche hinaustrat. Moreno nickte ihr zu und verschwand in ihrem Büro. Wohl wissend, wer es war, warf Coon einen Blick über seine Schulter und stand kurzerhand auf. „Detective", sagte er froh gestimmt, „Sie sehen atemberaubend aus." Eine Armlänge weit blieb er vor Grant stehen, um sie weiter zu betrachten. Sie trug ein schlichtes, schwarzes Kleid mit Herz-Ausschnitt und seitlichem Reißverschluss, gepaart mit schwarzen Absatzschuhen. Anders als am Morgen trug sie jetzt ihre Haare offen.

„Danke. Sie sehen ... Na gut, Sie haben sich zu heut Nachmittag nicht viel verändert", meinte sie keck.

„Ich sehe das einfach mal als Kompliment an." Wieder setzte er sein *Coon*-Grinsen auf. Grant erwiderte dieses, zwar nicht so coonhaft, aber trotzdem wunderschön. Danach machten sich die beiden auf den Weg zu seinem Wagen. Unten an der Eingangstür hielt er ihr ganz gentlemanlike die Tür auf. Grant schaute ihn überrascht an und fragte: „Wie geht das denn?"

„Was meinen Sie?", blinzelte Coon irritiert.

„Wie kann aus dem sonst so fahrigen, quengeligen, aufmüpfigen, kleinen Jungen so schnell ein Gentleman werden?"

„Tja", antwortete er und wollte gerade in sein Auto steigen, als Grant sich räusperte und ihn abwartend ansah. „Ach ja, Gentleman", erinnerte er sich. Zügig lief er um das Auto herum, öffnete ihr die Beifahrertür und fügte hinzu: „COON-MAN schreitet zur Tat!" Perplex stieg Grant ein, und mit einem Zwinkern schmiss er die Tür zu.

„Was sollte das mit diesem *Coonman*?", wollte Grant nach minutenlanger, stummer Fahrt wissen.

„Ist mir spontan eingefallen. Wäre doch ein cooler Slogan, wenn ich etwas Gutes gemacht habe. Natürlich kann ich noch ein paar Änderungen vornehmen, damit Sie sich nicht benachteiligt fühlen."

„Nein, nein. Schon gut", lehnte Grant winkend ab.

„Wie wäre es mit COONMAN und Mel?" - „Nein."

„Mel und COONMAN?" - „Nein."

„Von mir aus können wir auch gerne sagen: COONMAN

und heißer Feger gleichzeitig auch Detective schreiten zur Tat!"

„Niemals!", sie boxte ihm gegen die Schulter. Coon machte sich wieder einen Spaß daraus. „Ma'am, bitte keine Intimitäten während der Fahrt." Grant spannte ihren Unterkiefer an.

„Würden wir nicht in einem fahrenden Auto sitzen, dann würde ich Ihnen jetzt dermaßen den Arsch versohlen. Das können Sie mir glauben, Adam!"

„Ach, Detective", seufzte er amüsiert. „Nach dem Essen haben wir immer noch genug Zeit dafür. Mein Haus liegt nur dreißig Minuten vom Restaurant entfernt", erklärte er mit einem gespielt verführerischen Unterton. Grant lachte. „Da ist er wieder der kleine Junge."

Als sie am Restaurant ankamen, war Coon wieder ganz der Gentleman und hielt Grant sämtliche Türen auf. Nachdem sie sich gesetzt, eine Miso-Suppe als Vorspeise geordert und vom Kellner einen 45er Château Haut-Brion eingeschenkt bekommen hatten, stießen sie miteinander an.

„Auf einen halbwegs erträglichen Abend. Möge das Besteck im weiteren Verlauf nicht zur Mordwaffe werden."

„Möge Gott und der neuste Artikel über Rotweinfleck-Entfernung in der Cosmopolitan uns beistehen", prostete Coon ihr zu.

„Sie lesen die Cosmo?", hakte Grant nach.

„Manchmal, wenn ich selber einkaufen gehe und an der Kasse lange anstehen muss, nehme ich sie mir, blättere sie durch und lege sie wieder zurück."

„Ich hätte nicht gedacht, dass ich irgendwann mal einen Kerl kennenlerne, der die Cosmo liest."

„Na ja, wenn man das Durchblättern auch schon als Lesen bezeichnet, dann", so erklärte Coon, „liest jeder Mann die Cosmo." Grant musste bei dem Gedanken, wie jeder Mann an der Kasse die Illustrierte durchblätterte, lachen. Verstummte aber wieder, als der Kellner die Vorspeise brachte. Sie aßen ihre Suppe und entschieden sich anschließend für ein Tablett verschiedener Nigiri-Sushis, einen Teller Futo-Maki und Gunkan-Maki-Sushi.

Bereits nach fünfzehn Minuten wurde der Hauptgang serviert. Beide begannen zu essen und unterhielten sich währenddessen ein wenig.

„Also, Mel, würden Sie mir jetzt Ihre Anschrift verraten?"

„Nein, welchen Grund hätte ich auch?" Coon lachte hämisch.

„Weil ich Sie nachher nach Hause fahren muss. Außer natürlich Sie wollen mit der U-Bahn beziehungsweise einem Taxi fahren oder doch noch mal auf das Hinternversohlen bei mir daheim zurückgreifen?"

„Oh Gott, nein! Also, nichts gegen Sie, Adam, aber", sie

schüttelte den Kopf. „Ich gebe Ihnen meine Adresse, wenn Sie mir ein Geheimnis von sich erzählen. Deal?"

„Unglaublich, die Frau feilscht mit mir. Abgemacht."

„Hundertzweite Ecke Park Avenue East."

Coon überlegte kurz. „Hübsches Fleckchen", sagte er schließlich.

„Sie sind dran, Adam."

„Okay", er atmete tief ein, „ich heiße eigentlich gar nicht Coon mit Nachnamen. Ich habe meinen kompletten Namen mit neunzehn ändern lassen, weil er mir echt peinlich war, und ich nicht mehr mit ihm assoziiert werden wollte."

„Und wie heißen Sie eigentlich?", hinterfragte Grant.

„Mein richtiger Name lautet Adam Theodore-Joshka von Lixton."

Grant stieß ein amüsiertes Grunzen aus. „Was, das ist Ihr Geburtsname? So haben Ihre Eltern Sie genannt? Oh mein Gott!"

„Hey, ich habe einen Ruf zu wahren. Ein Wort an die Presse und Sie sind Ihren Job schneller los, als Sie meinen Namen aussprechen können."

„Sie meinen Adam Theodore-Joshka von Lixton?", kicherte Grant.

„Zeigen Sie bitte etwas mehr Anstand, Melinda", forderte Coon und mimte ein schmollendes Kleinkind. „Eigentlich sollten Sie sich geehrt fühlen."

„Warum, weil ich mit jemandem esse, der Joshka von Lixton heißt?"

Kopfschüttelnd nippte Coon an seinem Weinglas. „Nein, der Grund, warum Sie sich geehrt fühlen sollten, ist der ... Ich gebe meinen richtigen Namen nur den Leuten preis, die mir etwas bedeuten und denen ich vertraue."

„Und wie viele wissen davon?", fragte sie.

„Zwei", antwortete er, „Sie und meine verstorbene Frau."

„Ich will nicht aufdringlich sein, aber wie ist das eigentlich passiert?"

„Das mit meiner Familie?"

„Natürlich nur, wenn es Ihnen nichts ausmacht."

„Nein, schon okay. Ich weiß ja selbst nicht mal, wie es dazu kam." Coon schloss für einen kurzen Moment die Augen und atmete tief ein, bevor er fortfuhr. „Vor drei Jahren. Ich war vierunddreißig und für einen Auftrag in Toledo, Ohio. Ich bekam einen Anruf, ich solle sofort nach D.C. zurückkommen. Es wurde nicht gesagt weshalb, aber es klang sehr ernst."

KAPITEL VIER

Daher kümmerte ich mich in aller Eile recht schnell und zugegebenermaßen schlampig um meinen Auftrag und flog zurück. Die ganze Fahrt zum Loft über hatte ich überlegt, was es so Dringliches geben könne. Ich erreichte meinen Loft, wo mich ein Officer erwartete. Ab diesen Moment ahnte ich schon Schlimmes und verstand den vorangegangenen Anruf als Vorwarnung auf das, was passiert war. Ich ignorierte den Beamten, das gelbe Absperrband an der Wohnungstür, einfach alles. Ich folgte den Schildern der Spurensicherung und den Blutflecken, die an den Wänden und auf dem Teppich zu sehen waren, bis ich schließlich vor dem Zimmer meiner Tochter stehen blieb. Ich öffnete langsam die Tür und da lagen die beiden. Meine Tochter Grace und meine Frau Katherine mit aufgeschlitzten Kehlen … Aber weniger von mir, mehr von Ihnen. Wie steht es bei Ihnen in puncto Familie?" Etwas überrumpelt von der Leichtigkeit in Coons Erklärung ging Grant dennoch auf seine Frage ein. „Na ja, ich hab' keine Kinder und keinen Freund. Momentan gibt es nur mich in Manhattan und meine Eltern auf Staten Island."

„Nur Sie und Ihre Eltern? Nett. Ich weiß gar nicht, wo genau meine Eltern wohnen, geschweige denn, ob sie überhaupt noch leben", stellte er fest.

„Sie wissen nicht, was mit Ihren Eltern ist?"

„Nein, aber wenn sie noch leben, was ich nicht zu bezweifeln wage, dann wohnen sie entweder immer noch in Sudbury oder sie sind endlich nach Edmonton gezogen."

Grant erinnerte sich. „Stimmt, Sie sind ja Kanadier."

„Und zwar einer von wenigen, denen es nichts ausmacht, wenn das Licht ausgeht." Beide verfielen in Gelächter, doch Coon wurde schnell wieder ernst. „Seit siebzehn Jahren habe ich nichts mehr von ihnen gehört. Nachdem ich die Secondary School abgeschlossen hatte, ging ich nach Massachusetts auf ein College. Nach zehn Semestern hatte ich dann meinen Master in BWL. Eigentlich wollte ich dort auch noch mein Jurastudium machen, aber aus einem unerklärlichen Grund hatten die Professoren, Dozenten und selbst meine Kommilitonen die Schnauze voll von mir. Die sagten, ich wäre ihnen zu großschnäuzig in den Seminaren. Resonanz: Ich flog vom College. Infolgedessen ging ich nach Princeton. Nach weiteren vier Jahren hatte ich dann meinen Bachelor in Jura."

„Bemerkenswert", fand Grant. „Ich war in West Point an der Militär-Akademie für zweieinhalb Jahre dank Senator Winters. Danach bin ich gleich zum NYPD gegangen. Trotzdem hätte ich noch eine Frage."

„Nur zu."

„Sie hatten also mit ungefähr neunundzwanzig Jahren Ihren Master und Bachelor. Aber wie sind Sie dann zu FINK gekommen? Ich denke nicht, dass Ihnen die Idee für FINK zu arbeiten, unter der Dusche gekommen ist", meinte sie.

„Das ist eigentlich eine recht witzige Geschichte. Ich war dreißig, schon ein Jahr lang Referendar in einer kleinen Kanzlei in D.C. Ich sollte als Pflichtverteidiger von Janis Koskinen agieren. Er hatte zwei hochgradige Marine-Warrant-Officer umgebracht. Nach einem vier Monate langen Prozess, vielem Hin und Her und dermaßen vielen Überstunden kam mein Klient mit sechsunddreißig Jahren Haft davon. Was sehr wenig ist, wenn man in Betracht zieht, dass er auch lebenslänglich in den Bau hätte wandern können."

Verwundert fragte Grant: „Und was soll daran witzig sein?"

„Der Umstand, dass ich zu diesem Zeitpunkt noch nicht wusste, auf wen ich mich da wohlgemerkt durch meinen Klienten eingelassen hatte. Kurz bevor Koskinen seine Haft antrat, erzählte er mir noch von der FINK-Gesellschaft, und dass ich für sie ein zu hohes Risiko darstelle, da ich angeblich zu viel über sie wüsste. Zum Schluss machte mir Koskinen im Namen FINKs ein Angebot. Ich zitiere: *Entweder, Coon, Sie treten der Gesellschaft bei oder Sie sterben.* Ich zögerte wirklich eine Minute lang, bevor ich mit piepsiger Stimme *Ich will nicht sterben* antwortete.

Als nächstes musste ich meinen Job kündigen und mich auf eine Ausbildung gefasst machen. Nach einem Monat war mein Mentor Chris Archer endlich zufrieden mit mir und ich „durfte" zum ersten Mal jemanden umbringen. Nach einiger Zeit hatte ich daran irgendwie Gefallen gefunden, das Morden machte mir nichts mehr aus. Tja, und wie es das Schicksal wollte, lernte ich dann bei einem größeren Auftrag Katherine kennen."

Nachdem sie sich noch eine Weile unterhalten und gelacht hatten, bat Coon um die Rechnung und zückte sein Scheckbuch. „Ein Scheckbuch?"

„Was denn? Ich stehe halt nicht so auf Plastik. Außerdem sind Schecks nicht ... na ja, sagen wir mal, nicht so blondinenfeindlich, was nur in Ihrem Sinne liegen kann."

„Was meinen Sie damit?"

„Nun ja, Sie sind blond und Frauen die blond sind, bezeichnet man gern mal -"

„Nein, nicht das! Ich meine das mit dem *feindlich*."

„Ach so, wollen Sie einen Witz hören?"

„Will ich das?", fragte Grant eher sich selbst als sonst wen und machte dabei ein verängstigtes Gesicht.

„Wenn Sie meine weisen Worte verstehen wollen, dann ja."

„Über das Wort *weise* kann man sich streiten, Adam. Aber natürlich will ich Ihre Worte nachvollziehen können."

Coon gab dem Kellner schnell den Scheck, half Grant beim Anziehen ihres Mantels und erzählte ihr dann auf dem Weg zum Auto den Witz. „Also, warum machen Blondinen nach dem Sex einen Kopfstand und die Beine auseinander?" Grant schaute ihn erwartungsvoll an. „Damit man die Kreditkarte durchziehen kann." Jetzt war es Coon, der Grant erwartungsvoll anschaute. Als Antwort klatschte sie ironischen Beifall.

„Nicht witzig?", wollte Coon wissen.

„Vergessen wir's einfach. COONMAN?"

„Schreitet zur Tat", und half Grant ins Auto, bevor er selbst einstieg und losfuhr.

Als sie vor Grants Wohnhaus hielten, fragte Coon: „Kann ich noch mit hochkommen?" Grant warf ihm einen verheißungsvollen Blick zu, antwortete jedoch: „Nein."

„Wieso? Sie waren doch auch schon bei mir, in meinem Ankleidezimmer, bei meinen Unterhosen!"

„Ja, apropos Unterhosen, man sieht Ihre gerade."

Coon schaute erschrocken an sich herunter und bemerkte, dass Grant nur scherzte. „Oh ja, Sie sind echt witzig, DE-TEC-TIVE."

„Ich weiß."

„Jetzt mal im Ernst."

„Seit wann wissen Sie denn, was Ernst bedeutet?"

„Seit letzter Woche. Da habe ich mir zweckmäßig ein Wörterbuch zugelegt."

„Hallelujah, er kann anscheinend auch lesen", stichelte Grant weiter.

„Hören Sie, es ist doch nur fair, wenn ich auch mal zu Ihnen darf", implizierte er mit Dackelblick.

„Sie werden noch früh genug die Chance dazu bekommen."

„Heißt das etwa, Sie wollen sich ein zweites Mal mit mir verabreden?"

„Hm, jetzt wo Sie's laut aussprechen, vielleicht doch keine gute Idee." Coon tat gespielt beleidigt. „Ach, was soll's, kommen Sie mit." Sie reichte ihm ihre Hand und zog ihn mit sich in den Lift, weiter in ihr Apartment. War es dieser Dackelblick oder seine honigsüße Stimme? Was, in Gottes Namen, hat mich gerade eben dazu geritten, Adam Coon mit in meine Wohnung zu nehmen, grübelte Grant innerlich. „Wollen Sie ein Glas Wein?" Meine Fresse, Mel! Jetzt fragst du ihn auch noch, ob er was mit dir trinken will? Reiß dich zusammen.

„Sie wissen schon, ich muss noch Autofahren, und zwar bis nach Long Beach", erläuterte Coon.

„Im Restaurant haben Sie doch auch Wein getrunken."

Mel, der Mann will nichts trinken. Akzeptiere es.

„Ich denke, es liegt in unser beider Sinne, wenn ich wohlgesonnen Zuhause ankomme, anstatt einen Unfall zu bauen."

„Und ich denke, ein großer Verlust wäre das nicht - für niemanden", konterte sie trocken.

„Sie können manchmal sehr verletzend sein, Detective", schmollte Coon.

„Nehmen Sie sich meine Witze nicht so zu Herzen, Adam. Sie müssen wissen, der Großteil meines Humors besteht aus Polizisten- und schwarzem Humor."

Scheiße, Mel. Im ersten Moment will ich dich loben, und im nächsten zerstörst du das und haust so was raus!

„Es ist schon spät. Ich glaube, ich sollte jetzt besser gehen. Immerhin ist morgen ein wichtiger Tag", verkündete er.

Ganz der Kavalier, nahm er ihre Hand und hauchte ihr einen Kuss auf den Handrücken. „Sie haben eine sehr schöne Wohnung, Melinda", flüsterte er in ihr Ohr. Danach gab er ihr noch einen zarten Kuss auf die Wange und verschwand anschließend durch die Tür.

Ich weiß, ich bin dein Unterbewusstsein und müsste normalerweise wissen, was du denkst. Aber bitte, sag' mir jetzt nicht, dass du dich in den Ex-Attentäter verliebt hast.

20. Oktober, 2012.

Coon schlug die Augen auf, merkte aber augenblicklich, dass es ein Fehler war. Das Sonnenlicht blendete ihn ungemein und sein Schädel dröhnte bis ins Unermessliche. Er hatte eindeutig einen Kater. Als er aufstehen wollte, musste er feststellen, dass jemand neben ihm lag, und dass er selbst noch nicht einmal bei sich zu Hause, sondern in einer fremden Wohnung war. Coon strich der Frau die Haare hinters Ohr, um sehen zu können, wer es war. „Heilige Scheiße", wisperte er, als er die Frau erkannte. Was war gestern nach dem Dinner geschehen?

Coon war auf der Heimfahrt und hielt gerade an einer Ampel, als er die Frau laufen sah. Er hupte und winkte mit der Hand, um Captain Farah Moreno zu signalisieren, dass sie einsteigen sollte. „Wo darf es hingehen?", wollte er von ihr erfahren.
„89ste Ecke Lex."
Coon nickte und fuhr weiter, sobald die Ampel auf Grün umschaltete. „Was machst du so spät noch hier draußen?"

„Im MET war 'ne Versammlung für Captains im Großraum New York."

„Und wie war es?"

„Langweilig. Wie war's bei dir und deinem Date?", fragte sie provokant.

„Erstens war es kein Date. Und zweitens war es sehr amüsant."
Die Fahrt endete vor einem dreißigstöckigen Hochhaus. Moreno bot ihm an, mit nach oben zu kommen und etwas zu trinken. „Die Nächste, die will, dass ich blau bin", sagte Coon kopfschüttelnd. Nahm aber dankend an. Die beiden gingen in Morenos Apartment. Und dann ...

Coons Gedächtnis war schwammig, dennoch versuchte er, sich weiter zu erinnern.

Aus zwei Gläsern Bourbon wurden plötzlich eine Flasche des süßlichen Whiskeys, vier Tequila Shots und beinahe hätten sogar Scotch und Cognac dran glauben müssen. Doch schnell kam eines zum anderen. Schlussendlich war es eine wilde Nacht voller heißem Sex, an den sich Coon nur noch vage erinnern konnte.

Vorsichtig befreite Coon seinen Arm, zog sich geräuschlos seine Kleidung von gestern an und schlich auf leisen Sohlen aus dem Apartment. An seinem Auto angekommen, schloss er es auf und setzte sich erst einmal hinein. Danach griff er nach hinten und holte eine Sporttasche unter der Sitzbank hervor. Er öffnete die Tasche und zum Vorschein kam sein Notfall-Anzug. Eine graue Hose, passend dazu ein bordeaux-rotes Hemd und ein graues Jackett mit schwarzen Flicken an den Ellenbogen. Sachen, die er, wie der Name bereits sagte, für den Notfall dabeihatte. Und das hier war ohne Zweifel ein Notfall. Er konnte ja wohl kaum in derselben Kleidung von gestern Abend auf dem Revier auftauchen, weshalb er sich zügig umzog und anschließend aufs Revier fuhr.

KAPITEL FÜNF

Auf dem Revier herrschte nur mäßiges Treiben, da es Samstag war und zudem erst acht Uhr. Das hieß, die meisten ihrer Kollegen würden erst in einer Stunde ihren Dienst antreten, was Detective Grant nur recht war. Denn so konnte sie wenigstens alte Akten ungehindert abarbeiten.

Es machte Pling und automatisch schnellte Grants Kopf nach oben, um zu schauen, wer sich im Fahrstuhl befand.

„Morgen, so zeitig schon hier?", fragte sie Coon, der in Richtung Pausenraum lief. „Ich will nicht darüber reden", keifte er. Grant war verwundert. „Über was denn nicht reden?"

„Erzähle ich Ihnen später. Ich brauche erst einmal einen Kaffee."

Er wollte mit seinem fertig gebrühten Kaffee gerade zu Grant, als er innehielt, um sich gleich darauf mehr oder weniger hinter der Tür des Pausenraums zu verstecken, welche übrigens aus Glas war. Farah Moreno stand bei Grant und unterhielt sich mit ihr. „Ist Adam schon da?", fragte der Captain. Grant schaute in den Pausenraum zu Coon, der krampfhaft den Kopf schüttelte. Der Blondschopf schaute wieder zu ihrer Vorgesetzten und schüttelte ebenfalls den Kopf. „Nein, noch nicht."

„Schade, ich wollte eigentlich nochmal mit ihm reden, bevor ich abreise. Sie wissen ja, ich bin demnächst auf Tagung und Weiterbildung."

Nachdem Moreno weg war, kam Coon endlich hinter der Tür hervor und setzte sich auf den Stuhl neben Grants Tisch, so wie er es schon seit Tagen tat. „Wissen Sie, worüber Moreno mit Ihnen sprechen wollte?"

„Wahrscheinlich über letzte Nacht", meinte Coon nicht gerade begeistert.

„Erst waren wir zwei etwas essen, und dann haben Sie es mit Moreno getrieben?"

„Ist das Empörung oder Eifersucht? Ich tippe auf beides. So ein Mischmasch."

„Wie kommen Sie auf die blöde Idee, mit dem Captain zu schlafen?", schnauzte sie ihn an.

„Mit einer Menge Hochprozentigem und Tequila Shots."

„Das ist keine gute Antwort, Ad."

„Uh, jetzt sind wir schon bei Kosenamen. Dann nenne ich Sie ab sofort Mellybelli."

„Adam!"

„Ach, kommen Sie! Sie wissen doch mit Sicherheit, wie Männer sind, wenn sie auf einen solch einzigartig klaren Schnaps stoßen."

„Es wird nicht besser, Adam."

„Was kann ich denn dafür, dass das Zeug nun mal so geil ist?"

Asustín, der gerade seine Jacke über den Stuhl hing, fragte: „Wer ist geil?" - „Sie!", antwortete Coon unbedacht und voreilig. Die Detectives blickten erschrocken zu ihrem Berater. Dieser ließ sich jene Frage und deren Antwort erneut durch den Kopf gehen. Er guckte zu Grant, dann zu Asustín. „Nicht Sie, Tico", verbesserte er sich schließlich.

„Guten Morgen, Leute", begrüßte O'Connor seine Kollegen und gesellte sich zu ihnen. „Um was geht's?"

„Unser toller Kollege, Mr. Adam Coon, hat mit -"

„Da-da-da", platzte Coon Grant ins Wort und legte seine Hand auf ihren Mund. „Au!", zischte er. „Je fester Sie beißen, desto fester drückte ich Ihnen meine Hand auf den Mund." Grant brummte etwas gegen seine Hand. „Shh, genießen Sie diesen Augenblick", erwiderte er flüsternd und nahm die Hand wieder weg.

Mittlerweile war es Viertel vor zwei. „In fünfzehn Minuten brechen wir nach Hoboken auf", verkündete Grant. Die Detectives Asustín, O'Connor, Winston, Duncan, Smith, Kirk und Bremster stießen ein gedämpftes und gelangweiltes „Yeah!" aus.

„Mel, auf ein Wort. Brauchen wir denn wirklich fünf zusätzliche Detectives, um Bertram Brick zu verhaften?"

„Ja, wir bekommen sogar Verstärkung vom Hoboken PD."

„Also jetzt -"

„Shh", Grant legte einen Finger auf Coons Lippen, „genießen Sie diesen Augenblick." Coon ließ sich dies nicht gefallen, so biss er Grant in den Finger und rief: „Ha!" Womit er jedoch nicht gerechnet hatte, war, dass sich Grant wehren würde. Sie holte aus und verpasste ihm einen linken Haken.

„Putain de merde!" Verdammte Scheiße!

„Warum fluchen Sie auf Französisch?"

„In Sudbury haben wir damals sehr viel auf Französisch geflucht. Und des Weiteren haben Sie mir meinen Mund blutig geschlagen! Schauen Sie", er hielt ihr seine blutverschmierten Finger hin.

„Oh Gott, das tut mir leid", entschuldigte sich Grant.

„Schon gut, aber haben Sie schon mal eine Antiaggressionstherapie in Betracht gezogen?", grinste er.

„Wie können Sie jetzt bitte schön Witze machen?"

„Erstens war das vielleicht kein Scherz. Und zweitens kann man bei Ihnen nicht anders."

„Wollen Sie erneut von meiner Faust kosten?", fragte sie drohend.

„Sehen Sie, das meine ich. Sie werden sofort aggressiv. Eins sollten Sie wissen, ein reizbarer Mensch ist wie ein verkehrt eingerollter Igel, der sich mit seinen eigenen Stacheln peinigt."

„Und genau *das* meine ich. Sie wollen kein zweites Mal geschlagen werden, reißen aber dennoch Ihre dummen Sprüche."

„Wir sind wie Yin und Yang", stellte Coon fest.

„Als ob wir miteinander harmonieren würden."

„Ach, kommen Sie. COONMAN?", fragte er vorsichtig.

„Hält jetzt einfach mal die Klappe", gab Grant etwas schroff zurück. Doch ihre Worte hatten gewirkt. Coon war still, jedenfalls für fünf Minuten. „Mir schwirren immer wieder Olivanders Worte im Kopf umher. *Es war klar, dass Sie Brick irgendwann in Verbindung mit dem Tod Ihrer Frau und Ihrer Tochter bringen würden.*"

„Könnten wir das bitte nach der Festnahme klären?" Grant drehte sich um und machte sich auf den Weg zu den anderen Detectives.

„Ich habe Angst, Melinda", warf Coon ihr hinterher.

„Wovor?"

„Davor, dass Olivander mir gestern gesagt hat, dass Brick Kate und Grace umgebracht hat. Davor, dass ich drei Jahre umsonst zwanghaft nach irgendwelchen Hinweisen gesucht habe, obwohl ich einfach nur die Augen hätte öffnen müssen, um zu sehen, dass der Mörder in meinen Reihen tanzt. Mein bester Schüler war."

„Adam, wir werden dort hinfahren. Und wir werden das ein für alle Mal klären. Darauf gebe ich Ihnen mein Wort", sprach sie sanftmütig zu ihm.

Nach einer vierzigminütigen Fahrt trafen die Detectives des 17ten Reviers in Bricks Straße ein, wo bereits die Verstärkung des Hoboken Police Departments auf sie wartete.

„Detective Grant?", fragte ein Mann.

„Ja?"

„Captain Henryk Jansen. Wir haben telefoniert."

„Schön, Sie kennenzulernen. Ihre Leute wissen, mit wem wir's zu tun haben?"

„Ja, ich hab' sie vor einer halben Stunde eingewiesen. Euh, eine Frage noch."

„Und die wäre?"

„Wer ist das?" Jansen deutete auf Coon.

„Er ist so etwas wie unser Berater."

„Er wird aber bei den Autos bleiben, oder?"

„Nein, er wird uns begleiten", stellte Grant klar.

„Solange er keine polizeiliche Ausbildung hat, wird er uns nirgends hinbegleiten."

„Er hatte so etwas in der Art wie eine polizeiliche Ausbildung."

„Hören Sie auf, *so etwas* zu sagen. Das ist nicht sonderlich konstruktiv. Ich will klare Antworten. Also, wer ist das?"

Coon ging zu den beiden herüber und kam Grant seiner Meinung nach zur Hilfe. „Mein Name lautet Adam Coon. Ich war bis vor drei Jahren ein renommierter und gutbezahlter Auftragskiller."

„O-kay. Trotzdem wäre es besser, wenn Sie hierbleiben."

„Nein, ganz im Gegenteil. Sie und die anderen Cops werden hier unten bleiben, während ich da hochgehe - allein. Ich will mich mit Brick nur kurz und in Ruhe unterhalten, danach können Sie ihn verhaften."

„Was denken Sie eigentlich, wer Sie sind?", fauchte Jansen.

„Jemand, der in politischer und sozialer Hinsicht ein höheres Ansehen besitzt als Sie", konterte Coon missbilligend.

„Hey, Sie zwei hören jetzt sofort auf. Sie spielen in einem Team, verstanden?", funkte Grant dazwischen.

„Meinetwegen, aber nehmen Sie die hier zur Sicherheit mit."

Jansen hielt Coon seine SIG Sauer entgegen.

„Nicht nötig. Ich bin versorgt", sagte Coon und schob sein Jackett nach hinten, damit Jansen das Brustholster inklusive Beretta 92 sehen konnte.

KAPITEL SECHS

Eine gerade mal zehn Zentimeter dicke Tür trennte Coon von Bertram 'Red Bird' Brick. Die Wohnung befand sich im siebten Stock und war auch die einzige bewohnte in dieser Etage. „Alles klar?", wollte die Stimme in Coons Ohr wissen. Man hatte ihn zuvor verkabelt, damit er in Verbindung mit den Detectives bleiben konnte. „Natürlich, Melinda", antwortete er und hob die Hand. Er klopfte zweimal, trat einen Schritt zurück und wartete. Coon vernahm ein leises Klicken, dann öffnete sich die Tür. Brick, ein blonder Mann von zweiunddreißig Jahren, schaute ihn verwundert an. „Mr. Coon? Was machen Sie hier? Woher wissen Sie überhaupt, dass ich hier bin?"

„Unwichtig. Dürfte ich hereinkommen?"

Brick schaute sich kurz im Hausflur um, bevor er einwilligte. Die Wohnung bestand aus vier Zimmern, die sehr stilvoll eingerichtet waren. Man konnte nicht sagen, dass Brick auf dünnem Eis stand, was das Geld anging. „Wollen Sie etwas trinken?" Coon lehnte ab. „Nein, ich bin hier, weil ich etwas klären will ... zwischen uns."

„Klar, schießen Sie los."

„Vor drei Jahren. Die Sache mit meiner Familie. Sie erinnern sich vielleicht noch daran, Brick?"

„Ja, natürlich. Das war eine riesige Tragödie nicht nur für Sie, Sir."

„Hm, wissen Sie, was toll ist? Ich habe gestern einen sehr nützlichen und äußerst interessanten Hinweis erhalten, wer der Mörder der beiden sein könnte."

„A-ach ja?", forschte Brick fiebrig.

„Ja. Was ist los, warum so nervös auf einmal? Haben Sie mir etwas verschwiegen, Bertram?"

„Euh ... Euh, ni-nicht d-dass ich wüsste", stotterte Brick, während er sich langsam auf die Schlafzimmertür zubewegte. Selbst Coon wurde etwas zittrig. Hatte er mit seiner Vermutung richtig gelegen? Waren die letzten Jahre alle für die Katz gewesen? „Bertram, beantworten Sie mir eine einfache Frage. Haben Sie den Mord begangen und die zwei drangsaliert?"

„Ich ... euh, i-ich ..." Brick wirbelte herum, riss die Tür zum Schlafzimmer auf und stürzte hinein.

Coon sprang vom Sofa auf und hastete ihm nach. Er stand im Schlafzimmer und brauchte erst ein paar Sekunden, bis er realisierte, dass das Fenster offen war, und Brick die Feuerleiter als Fluchtweg nach unten nutzte. Zuerst benutzte Coon jede Leitersprosse einzeln, doch nach zwei Etagen folgte er Bricks Beispiel und rutschte die Leitern herunter.

Erst als beide das Ende der Leiter erreichten und in der Seitengasse zwischen Wohnhaus und einer Kindertagesstätte landeten, begann die Verfolgungsjagd richtig. Brick rannte los über die Hudson Street weiter in den Stevens Park. Wie wild fingen die Autos an zu hupen, und als dann auch noch Coon über die Straße hetzte, war das Chaos komplett. Im Stevens Park angekommen, musste er gezwungenermaßen innehalten. Es war erstaunlich, nach nur fünfzig Metern hatte er Brick aus den Augen verloren. Schon damals zu seiner Studienzeit hatte er Princeton gehasst. Nicht nur wegen der ganzen Möchtegern-Snobs und Cholerikern, sondern auch wegen der Parks. Überall, in jedem Park, waren die Bäume dicht an dicht nebeneinander aufgereiht, man hatte kein klares Blickfeld. Und denselben Mist hatte er jetzt wieder, nur diesmal in Hoboken. Etwas schneller als Schrittgeschwindigkeit lief er durch die Reihen. „Adam, was ist los? Wo bleiben Sie?", wollte Grant per Funk wissen.

„Und Sie wollen wirklich ein Detective sein? Ich bin vor knapp zwei Minuten an Ihnen vorbeigerannt wie unser Red Bird", keifte Coon.

„Oh, und wo sind Sie jetzt?"

„Irgendwo im Nirgendwo. Stevens Park. Vermutlich Richtung 5te zur River Street."

„Nehmen Sie Ihre verdammte Töle von mir!", hörte Coon auf einmal jemanden brüllen. Es war eindeutig Bricks Stimme. Umgehend joggte er durch die Baumreihen, bis er schließlich eine Frau mit ihrer *verdammten Töle*, besser bekannt als Chihuahua, und natürlich den Schreihals Brick erblickte.

„Bertram!", rief Coon. Der Angesprochene drehte sich um und sah, wie sein ehemaliger Mentor auf ihn zukam. Brick war unbewaffnet, im Gegensatz zu Coon. Also gab es für ihn nur eins. Weglaufen! Coon stöhnte innerlich, als die Jagd weiterging. Doch diesmal verlor er Brick nicht aus den Augen. Coons Blick haftete förmlich an dem Gejagten, als er ihm hinterhersprintete. Rechts von ihnen befand sich das Hoboken Little League Field, links die Fifth Street. Plötzlich schlug Brick nach rechts ein und sauste einen kleinen Trampelpfad entlang. Coon blieb nichts anderes übrig, als dem Blonden zu folgen und sich die Schuhe zu versauen. Das schöne Echtleder, dachte er sich.

Auf einmal fanden sich die beiden Männer am Frank Sinatra Drive wieder. Erneut huschte Brick, ohne nachzudenken, über die Straße. Erneut hupten die Autofahrer, als wäre es ein Wettstreit. Wer hat die lauteste Hupe? Doch genau in dem Moment, als Coon ebenfalls hinüberwollte, stellte sich ihm zwei Meter weiter ein Taxi in den Weg. Coon nahm Anlauf, holte Schwung und erfüllte sich einen langersehnten Wunsch. Einmal über eine Motorhaube schlittern. „Wohoo!", jubelte er, bevor er sich wieder Bricks Verfolgung zuwandte.

Dieser war inzwischen im Frank Sinatra Park und schaute sich verzweifelt nach einer besseren und bequemeren Fluchtmöglichkeit um - vergeblich. Nichtsdestotrotz wollte er es nicht riskieren, von Coon eingeholt zu werden, weshalb er einfach weiter durch die Gegend irrte. Nach einer Weile kam er an einem Fußballfeld vorbei. Dort machte er erst einmal auf einer Sitzbank Pause, da von Coon weit und breit keine Spur war.

Coon verfluchte sich selbst, er hatte Brick von Neuem aus den Augen verloren. Er war mal Profikiller gewesen und doch scheiterte er an einem heruntergebrochenen Ast, bei dem er sich kurz zuvor noch eingeredet hatte: Nein, du stolperst nicht über diesen Ast. Du springst einfach lässig darüber. Aber was geschah? Er flog in feinster Weise aufs

Gesicht. Langsam ging er auf eine Sitzbank neben einem Fußballfeld zu und ließ sich darauf nieder. Der Mann neben
Coon musste ihn für extrem penetrant halten, so wie er aus-
sah. „Ah!", schrie der Mann plötzlich.

„Noch nie einen Mann gesehen, der im Anzug Sport treibt?",
fragte der Ex-Attentäter sarkastisch. Er schaute auf und erkannte erst jetzt, dass es sich bei dem Mann um Brick han-
delte, welcher schon wieder wegrannte. Keuchend sprintete
er seinem früheren Schützling hinterher. Nach vierhundert
Metern blieb er jedoch stehen. Coon konnte es nicht fassen,
was Brick soeben getan hatte. Der Knopf in seinem Ohr holte
ihn schnell zurück in die Realität. „Adam? Adam, wo sind
Sie?"

„Ja, euh ... ich-ich bin am Frank Sinatra Drive an der Anlege-
stelle 6", verriet ihm ein Blechschild.

„Und wo ist Red Bird?", fragte Grant etwas hektisch.
Im Hintergrund hörte man die Sirenen aufheulen und die
Cops lauthals reden.

„Brick? Der-der ist ... i-in ..."

„Adam?" Coon schüttelte kurz den Kopf, um klaren Gedanken zu fassen. „Brick ist in den Hudson gesprungen."

    Nachdem die Cops eingetroffen waren, wurde das ge-
samte Gebiet um den Sinatra Drive weiträumig abgesperrt.
Suchtrupps sowohl an Land als auch auf dem Wasser suchten

nach Brick. Detective Grant hatte mit der Presse sprechen müssen und Reportern lediglich gesagt, dass ein Mann vermisst wurde. Danach ging sie mit schweren Schritten zu Coon.

Als er Grant mitgeteilt hatte, dass Brick in den Hudson gesprungen sei, war er zurück zur Sitzbank gegangen. Jetzt saß er dort. Das Jackett lag neben ihm, die Hemdärmel hatte er nach oben gekrempelt und in den Händen vergrub er sein Gesicht. „Hey, alles in Ordnung?", fragte Grant mitleidig und setzte sich zu ihm. Coon nickte. „Ja."

„Ist er es?"

„Ja."

„Was haben Sie jetzt vor?"

„Ich werde nach Hause fahren. Ich bin müde, meine Knochen schmerzen und ich stinke schlimmer als der achte Kontinent."

„Sie wollen aufgeben? Jetzt, wo Sie wissen, wer es getan hat."

„Brick ist weg, also. Ich wünsche Ihnen ein schönes Wochenende. Bis Montag oder so", er stand auf, schnappte sich sein Jackett und machte sich auf den Weg nach Long Beach.

„Er sagt zwar, es sei alles in Ordnung, aber dem ist nicht so", meinte Asustín.

„Ich weiß", stimmte Grant besorgt zu.

KAPITEL SIEBEN

29. Oktober, 2012.

Das nervtötende Klingeln seines Telefons riss ihn aus dem Schlaf. „Meine Fresse, haben Sie denn überhaupt kein Zeitgefühl?", maulte Coon dem Anrufer entgegen.

„Doch. Es ist vier Uhr früh. Sie sind unser Berater. Mel ist Ihr Boss. Und ich soll Ihnen sagen: Schwingen Sie auf der Stelle Ihren Arsch nach Midtown East in die Third Avenue! Wo Mel und eine Leiche auf Sie warten", maulte Detective Maxwell O'Connor zurück.

„Hat Sie das wirklich so gesagt?"

„Nein, sie hat es liebevoller ausgedrückt."

„Okay, ich bin in einer Stunde da."

„In einer Stunde können Sie auch gleich auf dem Revier antanzen."

„Max?" - „Ja?"

„Reizen Sie mich nicht!"

„Hm, Adam?" - „Ja?"

„Ich sage Ihnen was. Ihre Welpenzeit ist längst vorbei."

Coon legte auf, schlug die Decke zurück und schwang sich schwermütig aus dem Bett. Danach ging er ins Bad, um sich zu duschen, die Zähne zu putzen und sich zu rasieren. Als nächstes begab er sich ins Ankleidezimmer. Suchte sich dort eine schwarze Hose, ein schwarzes Seidenhemd, dazu Parker Budapester-Schuhe in schwarzem Veloursleder und ein tannengrünes Sakko heraus. Er zog sich an, schnappte sich anschließend die Schlüssel seines Mustangs und machte sich auf den Weg.

Auf dem Revier angekommen, grüßte Coon seine Kollegen mit einem „Guten Morgen" und stellte vier dampfende Kaffeebecher auf den Tisch. Sofort bemächtigten sich O'Connor und Asustín jeweils eines Bechers und äußerten im Chor ein Danke. Auch Grant nahm sich eines der Heißgetränke.

„Schön, dass Sie wieder da sind", lächelte sie.

„Ja, die eine Woche Urlaub oder wie man das nennen kann, war gar nicht mal so übel, aber trotzdem hat mir das hier schon irgendwie gefehlt. Also, was haben wir?"

O'Connor gab ihm eine Akte. „Sarah Hawley. Vierundzwanzig Jahre alt. Ledig. Studierte Architektur im dritten Semester an der Hofstra Universität in Hempstead."

„Gibt es schon etwas zum Tathergang?", wollte Grant in Erfahrung bringen.

„Außer, dass der Mord erst vor anderthalb Stunden gemeldet, Sarah aber bereits gestern zwischen fünfzehn und sechzehn Uhr erwürgt wurde und ihr zudem post mortem Stichwunden zugefügt wurden. Nein, noch nichts."

„Okay, irgendwelche Zeugen?"

„Nein", antwortete Asustín.

„Überwachungskameras?"

„Nein, wir können nur hoffen, dass Alexa, ich meine, Dr. Nye durch die Autopsie etwas herausgefunden hat. Fingerabdrücke, Hautpartikel, Stofffasern - ihr wisst schon."

„Ich hätte da eine Frage", meinte Coon und meldete sich dabei wie ein Schulkind. „Wenn Sarah Hawley in Hempstead studierte, was machte sie dann hier in Manhattan, welches, nur als kleine Notiz, über eine Stunde entfernt liegt."

„Gute Frage", bemerkte O'Connor.

„Nehmt euer Zeug, wir machen einen Ausflug nach Hempstead", verkündete Grant.

„Warum?", fragten Asustín und O'Connor unisono.

„Laut Akte wohnen dort auch Sarahs Eltern", warf Coon ein.

„Richtig, Adam. Sie und ich werden den Hawleys ein paar Fragen stellen. Ti und Max, ihr zwei werdet euch unterdessen an der Uni umhören."

Während der ersten dreißig Minuten herrschte Schweigen, bis Coon unerwartet einsetzte. „Warum haben wir eigentlich Ihren und nicht meinen Wagen genommen?"

„Sie haben doch gefragt, ob wir ausnahmsweise mal mein Auto nehmen könnten."

„Stimmt. Wenn Sie die Namen Tico und Max hören, denken Sie dann auch manchmal, es hört sich an wie *TK Maxx*?"

„Ja", stimmte sie bei. „Ich dachte schon, ich wär' die Einzige, die so denkt. Ich meine, TK Maxx und Tico Max, zum Verwechseln ähnlich."

„Der einzige Unterschied besteht darin, dass einer von ihnen Geschmack hat", erklärte Coon.

„TK Maxx?"

„Ja, es ist immerhin ein Modegeschäft. Und das, was die zwei manchmal anhaben. Na ja, sagen wir es in einem Zitat von Hugo Hofmannsthal: *Der gute Geschmack ist die Fähigkeit, ständig der Übertreibung entgegenzuwirken.*"

„Lassen Sie das ja nicht Tico hören", lachte Grant.

„Wieso?"

„Sein linker Haken ist deutlich schmerzhafter als meiner."

„Ah, verstehe." Coon fasste sich an die Stelle, wo er vor neun Tagen Grants Faust zu spüren bekam. „Detective Grant, ich muss Ihnen etwas gestehen."

„Ach ja, was?", gespannt blickte sie kurz zu dem attraktiven

Kanadier. „Als Sie mir eine reingehauen haben ... Mein erster Gedanke war, verdammte Scheiße, was fällt dieser kleinen Schnepfe eigentlich ein? Aber mein zweiter Gedanke war, am liebsten hätte ich etwas anderes als Ihre Faust auf meinen Lippen gespürt."

„Sie wollen etwas anderes als meine Faust spüren? Gut, dann machen Sie weiter so und Sie bekommen meinen Schuh mit dem verstärkten Absatz zu spüren."

„Schon gut, ich soll die Klappe halten", sagte Coon und tat es auch.

„Braver Junge", lobte Grant.

„Wissen Sie schon was zu Red Bird?"

„Böser Junge, Adam! Böse!" - „Melinda!"

„Verzeihen Sie. Ja, Brick konnte verschwinden und untertauchen. Ich wollte Sie nur nicht darauf ansprechen."

„Warum nicht?" Coon war verwirrt. „Sie hätten mich letzte Woche ruhig anrufen können. Oder hatten Sie Angst, dass, wenn Sie Brick erwähnen, ich zum emotionalen Wrack werde und in Depressionen verfalle wie vor drei Jahren? Kommen Sie, ich bin ein erwachsener Mann und kein Kleinkind."

Erschrocken zog Grant eine Grimasse. „Also, das wage ich stark zu bezweifeln. Denn wissen Sie, was ich denke? Dass Sie, Adam, ein Kleinkind, gefangen im Körper eines Erwachsenen, sind."

West-Hempstead.

„Mr. und Mrs. Hawley?", rief Grant, nachdem sie geklingelt hatte. Kurze Zeit später öffnete eine brünette Frau in den Vierzigern. „Wer sind Sie?", wollte Mrs. Hawley wissen.

„NYPD. Ich bin Detective Grant und das ist mein Partner Adam Coon. Wir wollten gern mit Ihnen und Ihrem Mann sprechen, es geht um Ihre Tochter Sarah." Mrs. Hawley schnappte nach Luft. „Ist ihr etwas passiert?"

„Dürfen wir hereinkommen? Dann können wir drinnen in Ruhe reden", meinte Coon einfühlsam. Die besorgte Mutter trat beiseite.

„Liv, Schatz, wer sind diese Leute?", fragte ein Mann, als die drei das Wohnzimmer betraten. „Mr. Hawley, wir sind vom NYPD. Ich bin Detective Grant und das ist mein Partner Adam Coon." Grant setzte sich den Hawleys gegenüber in einen schwarzen Ledersessel, während Coon neben ihr auf der Armlehne Platz nahm.

„Was ist mit Sarah?", fragte Mrs. Hawley ungeduldig.

„Ihre Tochter", begann Coon, „wurde heute Morgen tot aufgefunden in Manhattan."

„W-was?", hauchte die Mutter zittrig und fing an zu weinen.

„Ich hab' die Zeit an der Uni gehasst", brummte O'Connor, als er und Asustín den Campus der Hofstra Universität beschritten. „Wieso?" Asustíns Neugier war sichtlich geweckt.

„Bis zu meinem vierten Semester haben mir irgend solche Möchtegern-Studenten jeden Tag das Oxford Dictionary übern Latz gezogen."

„Wer sagt heutzutage noch übern Latz gezogen?"

„Als ob dir so etwas nie zugestoßen wäre!"

„Na ja. Okay, ich hatte in meiner College-Zeit mit solchen Leuten zu tun. Nur wurde ich nicht *von* ihnen verprügelt, sondern ich hab' *mit* ihnen verprügelt. Ich war nämlich der Boss einer kleineren Gang."

Überrascht ging O'Connor weiter neben ihm her. „Und jeden Tag lerne ich etwas Neues über dich."

Nachdem die zwei Auskunft darüber bekommen hatten, wo sich das Direktorat befand, liefen sie dorthin und saßen jetzt vor dem Direktor Jeffery Rales. „Gab es schon wieder eine Beschwerde wegen Ruhestörung oder warum ist das NYPD hier?"

„Mr. Rales, wir sind vom Morddezernat und möchten uns gerne mit Ihnen über eine Ihrer Studentinnen unterhalten. Sarah Hawley", erklärte O'Connor.

„Hat sie etwa jemandem die Gurgel umgedreht, oder was?", scherzte Rales.

„Im Gegenteil, sie wurde erdrosselt", eröffnete ihm Asustín.

„Das darf nicht sein. Sie machen doch Scherze, Detective.

Bitte sagen Sie mir, dass Sie scherzen."

„Ich fürchte nicht." Von nun an war klar, dass Asustín die Befragung übernahm. Daher zückte O'Connor seinen Notizblock und seinen Stift und notierte fleißig Informationen.

„Sie war eine unserer Besten, dazu noch recht beliebt und sehr engagiert, auch außerschulisch."

Befragungen waren aus Asustíns Sicht schon längst zur Routine geworden, weshalb es für ihn ein Leichtes war, die Fragen zu stellen. „Hatte sich Sarah in letzter Zeit anders verhalten? Ist Ihnen oder den Professoren, Dozenten, Kommilitonen et cetera da etwas aufgefallen?"

„Nein, eigentlich nicht. Sie war so wie immer. Ich kann mich zwar nochmal umhören, aber hätte sie sich wirklich anders verhalten, dann hätte man mir sicher Bescheid gegeben."

O'Connor schrieb eifrig auf und Asustín kundschaftete Rales weiter aus. „Hatte Sarah irgendwelche Feinde?"

„Na ja, nicht direkt."

„Was meinen Sie damit?"

„Es gab immer wieder Studenten, die Sarahs permanente Meldungen in den Vorlesungen als sehr störend empfanden. Manche waren auch neidisch auf sie. Gerade wegen ihrer

Leistungen, ihrer Beliebtheit und ihres Ehrgeizes. Aber direkt Feinde hatte sie nicht."

Als sich die Hawleys wieder einigermaßen beruhigt hatten, fing Grant mit der Befragung an und machte sich dazu Notizen. Coon saß einfach nur neben ihr und beobachtete sie bei dem, was sie tat. „Wie war das Verhältnis zwischen Ihnen und Ihrer Tochter?", begann Grant.

„Sehr gut", meinte Mr. Hawley. „Sie kam jedes Wochenende vorbei. Sie konnte mit uns offen und ehrlich über alles reden und das tat sie auch."

„Hatte sie sich trotzdem anders verhalten in den letzten Wochen, Monaten?" Mrs. Hawley warf ihrem Mann einen kurzen Blick zu, dann sagte sie: „Vor zwei Wochen kam Sarah ganz aufgewühlt zu uns. Was eher ungewöhnlich war, da sie sonst immer die Ruhe in Person war. Was aber noch ungewöhnlicher war, dass sie mitten in der Woche herkam. Sie sagte, dass sie aus einem ihrer Seminare rausgeflogen sei"

„Und dass mit ihrem Freund, Brendan, Schluss wäre", fügte Mr. Hawley hinzu. Grant schaute zu Coon, der ihren Blick sofort erwiderte. „Hatte Sarah Ihnen verraten, warum sie aus dem Seminar flog?", wollte er von den Eltern des Opfers wissen. „Ja", nickte Mrs. Hawley. „Das hatte mit der Trennung zu tun. Aber es ist kompliziert zu erklären."

„Versuchen Sie es einfach", ermutigte Grant.

„Sarah und Brendan waren bereits über vier Jahre zusammen, als sie herausfand, dass Brendan seit circa einem Monat eine Gelegenheitsaffäre mit irgendeinem billigen Flittchen namens Isabell hatte. Die beiden hatten einen riesigen Streit deswegen. Aber schon nach zehn Tagen versöhnten sie sich wieder. Sie versuchten einfach weiterzumachen, als sei nie etwas gewesen - vergeblich, zumindest für unsere Tochter. Sie wollte Brendan wissen lassen, wie es sich anfühlt, betrogen zu werden. Weshalb sie sich auf einen ihrer Dozenten einließ, der sie sowieso schon länger in seinem Visier hatte. Fenton McLaughlin. Nach 'ner Zeit überkamen Sarah jedoch große Schuldgefühle gegenüber Brendan. Sie machte mit McLaughlin Schluss und hoffte, dass Brendan von alldem doch nichts herausfinden würde. Wobei sie die Rechnung ohne McLaughlin machte, der wandte sich nämlich an Brendan und erzählte ihm das von der Affäre."

„Man sollte noch erwähnen, dass McLaughlin eine Verlobte hat, Roya Flint, und dass er auch ihr davon erzählt hatte. Nur schmückte er es so aus, als hätte Sarah ihn geradezu genötigt, mit ihm zu schlafen."

„Vier Leute waren zur selben Zeit auf Sarah sauer", murmelte Coon so leise, dass nur Grant es hören konnte.

„Brendan machte mit ihr Schluss wegen der Affäre mit

McLaughlin. Diese Isabell verpasste ihr eine Ohrfeige wegen der gescheiterten Affäre mit Brendan. McLaughlin schmiss sie aus seinem Seminar, weil sie ihn in die Wüste geschickt hatte. Und Roya machte ihr eine Szene und führte sich wie eine Furie vor ihr auf, damit sie sich von McLaughlin fernhielt", endete Mr. Hawley.

„Woah!", so argumentierte Coon die ganze Geschichte. Grant brauchte noch einen Moment, um das Neuerfahrene zu verarbeiten. „O-kay", sagte sie langsam, „ich denke, das reicht fürs Erste. Sie haben uns wirklich weitergeholfen, Mr. und Mrs. Hawley. Ich melde mich, sobald wir Ergebnisse haben."

KAPITEL ACHT

30. Oktober, 2012.

Als Coon und Grant gestern auf dem Revier ankamen, mussten sie feststellen, dass Asustín und O'Connor noch nicht zurück waren. Daher beschlossen sie, Feierabend zu machen und nach Hause zu fahren.

Nun saßen alle vier vor dem Mordfallbrett und betrachteten ihre Ergebnisse vom Vortag. O'Connor und Asustín hatten, wie sich herausstellte, nichts Dienliches beitragen können. Grant und Coon hingegen hatten beachtliche Ergebnisse vorzuzeigen. Gleich vier Verdächtige, und das bei gerade mal einer Befragung. „Ich bin also Ihr Partner?", wisperte Coon Grant zu, während die anderen beiden weiter die Informationen studierten. Grant schaute ihn ahnungslos an. „Sie haben mich gestern als Ihren Partner vorgestellt", erklärte er.

„Halten Sie die Klappe, Coon", zischte sie leise zurück. Coon wandte sich zur Tafel und flüsterte noch schnell: „Ich habe

Sie auch lieb, Detective", bevor sie sich erhob und meinte:

„Fangen wir am besten mit Isabell Loewenhugen an. Ti, kümmere dich darum, dass Ms. Loewenhugen hierherkommt."

„Was wird das?", fragte Grant, als Coon ihr in den Verhörraum folgen wollte.

„Ich bin Ihr Partner. Ich gehe dahin, wo Sie hingehen."

„Nur sollten Sie wissen, dass der Verhörraum für Sie wie die Damentoilette ist, verbotenes Terrain."

„Bitte", flehte er.

„Nein!"

„Bitte."

„Nein!"

„Wetten, dass ich die Frau in weniger als sieben Minuten zu einem Geständnis herumkriege."

„Mit Ihnen wette ich nicht mehr", fauchte sie.

„Diesmal wetten wir nur um hundert Dollar."

„Geben Sie dann Ruhe?" - „Ja."

„Ich hoffe, Sie Scheckbuch-Freak können bar zahlen."

„Ausnahmsweise mal, ja."

Grant warf ihm einen letzten verstohlenen, kecken Blick zu, dann betrat sie den Verhörraum, wo Isabell Loewenhugen wartend am Tisch saß. Coon schloss die Tür und stellte sich neben Grant, die inzwischen auf einem der freien Stühle Platz genommen hatte und nun eine Akte vor sich aufschlug.

„Guten Tag, Ms. Loewenhugen."

„Detective", grüßte Loewenhugen knapp.

„Sie wissen, warum Sie hier sind? Und Ihre Rechte wurden Ihnen auch schon verlesen?"

„Ja. Ich dachte schon, es gibt wieder eine Anzeige wegen Ruhestörung oder mal wieder eine einstweilige Verfügung, weil ich jemanden gestalkt habe. Aber nein, ich werde des Mordes bezichtigt."

„Richtig. Des Mordes an Sarah Hawley. Sie wurde vorgestern zwischen fünfzehn und sechzehn Uhr umgebracht. Wo waren Sie zu dieser Zeit?"

„Auf einer Abschiedsparty in Uptown."

„Kann das jemand bezeugen?"

„Da waren 'ne Menge Leute. Irgendwer wird das schon bezeugen können. Außerdem welchen Grund hätte ich gehabt, Sarah Hawley umzubringen?"

„Na ja, Brendan Finnigan zum Beispiel", übernahm Coon. „Er hatte zwei, drei Wochen zuvor die Gelegenheitsaffäre mit Ihnen beendet für Sarah. Und wie Sie bereits sagten, Isabell, und wie es auch in Ihrer Polizeiakte steht, wurden Sie schon des Öfteren wegen Stalkings angezeigt und vor Gericht geführt. Ich kann mir sehr gut vorstellen, dass Sie so denaturiert sind, dass Sie alles dafür tun würden, um Brendan für sich zurückzubekommen. Ich denke sogar, Sie würden dafür morden. Laut Ihrer Akte waren Sie vor fünf Jahren ein Jahr lang in einer psychiatrischen Klinik. Wem wollen Sie hier weismachen, keinen Grund gehabt zu haben? Sie hatten ein Motiv, genug Mumm und sind der Meinung, Ihr Alibi sei wasserdicht, was aber nicht stimmt, denn irgendwo wird es Lücken geben. Also machen Sie uns die Arbeit leichter, indem Sie zugeben, Sarah Hawley ermordet zu haben."

„Adam, hinter den Spiegel!"

„Wie -"

„Sofort!" Die beiden verließen das Zimmer und gingen in den Beobachtungsraum hinter der einseitig verspiegelten Fensterfront. Coon betrachtete die weinende Frau im Nebenzimmer. Grant verschränkte die Arme vor der Brust und musterte den Berater wütend. „In einem Verhörraum verhört man die Leute und schüchtert sie nicht dermaßen ein, setzt sie dann noch unter Druck, macht ihnen riesige Schuldgefühle und bringt sie schließlich zum Flennen!"

„Sie weint nicht wegen der Schuldgefühle. Sie weint, weil ich einfach so und zugegebenermaßen ziemlich vorwurfsvoll über ihre psychische Erkrankung gesprochen habe. Sie war es auf keinen Fall. Trotz ihres Problems hätte sie genug Verstand gehabt, um zu wissen, dass sie Brendan damit zu sehr verletzen würde. Dafür liebt sie ihn zu sehr, obwohl das zwischen den beiden nur eine Affäre war."

„Ich werde ihr Alibi trotzdem prüfen lassen, auch wenn sie es Ihrer Meinung nach nicht war."

„Klar, verschwenden Sie Ihre Zeit damit. Ich gehe jetzt."

„Machen Sie das. Vergessen Sie nur nicht, dass wir morgen Vormittag gegen zehn Brendan Finnigan vernehmen."

„Und vergessen Sie nicht die hundert Dollar mitzubringen, die Sie mir noch schulden. Ich habe nämlich nur sechs Minuten und dreiundfünfzig Sekunden gebraucht."

„Adam, das war kein Geständnis."

„Oh doch! Ein Geständnis, dass sie es nicht war", grinste er und ging aus dem Raum.

„Arschloch", murmelte Grant.

„Das habe ich gehört", sagte er, ohne sich umzudrehen. Pfeifend verließ er das Revier.

31. Oktober, 2012.

„Ah, wunderschönen guten Morgen, Detective. Auch schon aus dem Land der Träume erwacht?"

„Witzig. Ich hab' gestern bis spät in die Nacht das Alibi von Isabell Loewenhugen überprüft. Sie hatten recht, sie war's nicht. Und bevor ich's vergesse, hier Ihre hundert Dollar."

„Danke."

„Seit wann sind Sie hier?", fragte Grant und setzte sich zu Coon an ihren Schreibtisch.

„Jetzt ist es neun, also seit zwei Stunden."

„Und die Jungs?"

„Vor einer Stunde losgefahren. Nach Hempstead, um Finnigan zu holen."

Zwei Stunden vergingen, bis die Erlösung der Langeweile kam. „Mel, Finnigan ist in Verhörraum 2."

„Danke, Max." Grant schnappte sich ihren Kaffee und drehte sich zu Coon. „Sie schauen diesmal nur zu, und zwar von der anderen Seite des Spiegels aus."

„Nein", meckerte er.

„Natürlich können Sie hier auch sitzen bleiben, wenn Sie das wollen."

„Gut, dann bleibe ich hier sitzen."

Grant zuckte gleichgültig mit den Schultern und verschwand im Verhörraum. „Brendan Finnigan, Sie haben das Recht zu schweigen. Alles, was Sie sagen, kann und wird vor Gericht gegen Sie verwendet werden. Sie dürfen einen Anwalt hinzuziehen. Sollten Sie sich keinen Anwalt leisten können, wird Ihnen der Bundesstaat New York einen Rechtsverteidiger stellen. Noch Fragen bezüglich Ihrer Rechte, Brendan?" Grant setzte sich und blickte ihn erwartungsvoll an.

„Nein. Aber was wird mir zur Last gelegt?"

„Der Mord an Ihrer Ex-Freundin Sarah Hawley."

„Schwere Anschuldigung. Nur welches Motiv sollte ich gehabt haben?"

„Sagen Sie es mir, Brendan."

„Kann ich nicht. Weil ich nämlich keins habe!"

Grant nickte ironisch. „Ich helfe Ihnen etwas auf die Sprünge, was Ihr Motiv angeht. Sie hatten von der Affäre zwischen Sarah und Fenton McLaughlin erfahren. Danach hatten Sie, Brendan, mit Sarah einen Streit und trennten sich anschließend von ihr. Doch die Trennung reichte Ihnen nicht. Sie wollten mehr. Sie wollten -"

„Hey, Mel!", platzte Coon mitten ins Verhör.

„Was?", fragte Grant genervt.

„Sie können aufhören. Finnigan kann es unmöglich gewesen sein." Grant war inzwischen aufgestanden und zog Coon mit in den Beobachtungsraum. „Wie begründen Sie diesmal Ihr Verhalten?"

„Wie bereits gesagt, kann es Finnigan unmöglich gewesen sein. Schauen sie." Coon drückte ihr ein Bild in die Hand.

„Was ist das?", fragte Grant.

„Als ich an Ihrem Tisch gewartet habe, rief Ihre Freundin aus der Pathologie an. Nach einem kurzen Flirt und viel

Herumgealbere, sagte sie mir, dass sie eine E-Mail mit einer Bilddatei schicken würde."

„Moment, Sie waren an *meinem* Telefon und an *meinem* Computer?"

„Ja, ja. Aber schauen Sie doch mal. Das Bild zeigt Sarah Hawleys Hals."

„Hm?.."

„Jetzt schauen Sie doch mal genau hin. Man sieht die Handabdrücke, die der Täter beim Erwürgen hinterlassen hat. Wie sehen die für Sie aus?"

„Na ja, wie Hände halt", antwortete Grant primitiv.

„Es freut mich, Sie so voller Elan zu sehen. Aber ja. Sie haben recht, es sind natürlich Hände. Jedoch sehr kleine, zarte, zierliche Hände. Und jetzt schauen Sie sich die Hände von Finnigan an. Sehen die für Sie etwa klein, zart und zierlich aus?"

„Nein, eher groß und bullig. Er war es wirklich nicht." Coon zwinkerte ihr mit seinem speziellen *Coon*-Grinsen zu und verließ anschließend gemeinsam mit ihr den Beobachtungsraum. Auf dem Weg zu Grants Schreibtisch kam O'Connor ihnen entgegen. „Lass Brendan Finnigan gehen", befahl Grant im Vorbeigehen. O'Connor nickte und ging zu Finnigan. „Also, wie machen Sie das?", fragte Grant im Hinsetzen.

„Wie mache ich was?"

„Na, zum Beispiel gestern, das mit Isabell Loewenhugen.

Woher wussten Sie, dass das keine Tränen der Schuld, sondern der Angst waren?"

„Ein Jahr lang Anwalt, vier Jahre FINK, eine Ehefrau und eine dreijährige Tochter gleich ein ausgezeichneter Menschenleser. Ich kann die Gesichtszüge anderer Menschen problemlos deuten und sogar ein wenig Gedankenlesen."

„Na, klar. Als wären Sie so was wie ein Medium."

„Lassen Sie es mich Ihnen beweisen."

„Meinetwegen."

Coon rieb sich diabolisch die Hände. „Okay, schauen Sie mir in die Augen und konzentrieren Sie sich." Grant tat, was man ihr sagte. „Sie denken: Scheiße, hoffentlich kann er nicht wirklich Gedankenlesen. Denn sonst wird er irgendwann mein Geheimnis herausfinden." Grant schaute ihn schmunzelnd an. „Und?", fragte er.

„Sie sind gut."

„Danke", sagte er und verbeugte sich.

„Hey!", entschlüpfte es Grant. Coon schaute sie stirnrunzelnd an. „Ich seh' gerade, dass Sie in drei Tagen Geburtstag haben."

„Herrgott!", schimpfte er. „Achtunddreißig! Bitte, verschonen Sie mich."

„Warum denn? Achtunddreißig geht doch noch."

„Ach, ja? Und wie alt sind Sie, Melinda?"

„Einunddreißig."

„Sehen Sie, Sie sind noch gut sieben Jahre davon entfernt. Sie können sich gar nicht vorstellen, wie schlimm das ist", dramatisierte er das Ganze.

„Ist es Ihnen ein Trost, wenn ich sage, dass Sie eher wie Anfang dreißig und nicht wie Ende dreißig aussehen?"

„Geht schon. Wie wäre es, wollen wir einen Teil Ihrer hundert Dollar an einer Frittenbude heraushauen? Es ist kurz vor zwölf und ich habe Hunger. Was sagen Sie dazu?"

„Wow. Einfach nur wow."

„Wieso?"

„Der reiche Adam Coon lädt mich zum Essen an einer Frittenbude ein. Und das Essen dort bezahlt er dann auch noch von meinem Geld, was er gestern bei einer billigen Wette gewonnen hat."

„War das jetzt ein Ja?"

„Ja", antwortete Grant grinsend und ging mit ihm zum Aufzug.

„Mann, die Fritten sind echt lecker. Sie haben nicht zu viel versprochen", sagte Grant noch immer kauend.

„Wie gesagt, die besten in Manhattan", meinte Coon.

„Gehen wir zurück aufs Revier? Meine Pause geht nämlich nicht allzu lang." Coon nickte und folgte ihr.

Sie waren nur noch sechs Blocks vom Revier entfernt, als auf einmal ein Löschzug an ihnen vorbeirauschte. Die beiden beschleunigten ihr Tempo und folgten der Flotte, um zu sehen, was passiert war. Sie mussten sich noch nicht einmal durch die Menge der Schaulustigen drängen. Das Feuer war so groß, dass man es schon von Weitem sehen konnte. „Oh mein Gott, das Revier", schrie Grant. Sie packte Coon am Ärmel und zog ihn mit sich durch die Menschenmassen. Ein Feuerwehrmann und das gelbe Absperrband stoppten die beiden. Grant zeigte schnell ihre Dienstmarke und schlüpfte im nächsten Moment mit Coon unter dem Band hindurch. „Tico! Max!", rief sie, als sie ihre Kollegen neben einem Krankenwagen erkannte. Die beiden Detectives schauten in ihre Richtung und kamen auf sie zu. „Wie ist das passiert?", fragte Coon und deutete auf das lodernde Inferno.

„Eine Etage unter uns beim Gangdezernat gab es anscheinend einen Kurzschluss bei einem der größeren Computerprozessoren, dann einen lauten Knall und dann *das*!", erklärte Asustín.

„Ich wusste schon beim ersten Betreten dieses Gebäudes, das heißt vor gut drei Wochen, dass es uns irgendwann ins Grab bringen würde", scherzte Coon.

„Sagen Sie das lieber nicht zu laut", mahnte Asustín. Alle schauten zum Gebäude hinauf und beobachteten, wie aus den roten Flammen nach und nach graue Rauchschwarten wurden.

„Hey, Adam."

„Ja, Max?"

„Ist das nicht Ihr Auto da neben dem Feuerwehrwagen?"

„Ja, ich fahre es lieber mal weg, damit es nicht noch länger im Weg steht", antwortete er und lief los. Doch plötzlich bemerkte er nur noch panische Schreie und Grant, die ihn mit einem Sergeant von seinem Wagen wegriss, bevor er auf dem Asphalt aufschlug und eine gewaltige Detonation spürte. Coon öffnete die Augen und rappelte sich mit Hilfe zweier Sanitäter wieder auf. Er klopfte sich den Dreck von den Sachen und wandte sich zu den Detectives, die mit offenen Mündern an ihm vorbei starrten. Verwirrt folgte er den Blicken und drehte sich langsam um. Jetzt fiel auch ihm die Kinnlade herunter. „MEIN MUSTANG!", schrie er den Tränen nah. Ein Teil der Dachkante war heruntergebrochen und direkt auf Coons Wagen gelandet, welcher nun nur noch ein Haufen Altmetall war. Grant, O'Connor und Asustín stellten sich hinter Coon. „Sie haben doch bestimmt noch einen Zweitwagen", meinte O'Connor.

„Schon, aber der Mustang war mein Baby!", entgegnete ihm Coon.

„Wenigstens saßen Sie noch nicht drin, Adam. Sonst wären Sie jetzt genauso zertrümmert wie das Auto", versuchte es Asustín.

„Darin waren importierte Leder und Edelhölzer aus Russland verarbeitet. Die Güter haben mich über eine halbe Million gekostet!"

„Kommen Sie, Adam. Gehen wir. Fahren wir lieber alle nach Hause."

„Fahren wir lieber alle nach Hause, sehr witzig, Melinda. Wie denn ohne Auto?", fragte Coon angekratzt.

„Hören Sie mir zu, Adam. Ich, genau wie jeder andere hier, kann nichts dafür, was mit Ihrem Wagen passiert ist! Also jammern Sie nicht herum, sondern rufen Sie sich, verdammt nochmal, ein Taxi!", schnauzte Grant ihn an.

„Eine Frage noch, Mel", sagten O'Connor und Asustín im Chor. „Wo werden wir morgen arbeiten?"

„Ich denke, der Chief of Detectives wird mich darüber informieren. Sobald ich was weiß, schick' ich euch eine SMS, Jungs."

01. November, 2012.

„Grant", sagte sie am Telefon, während sie ihr Müsli aß.

„Coon hier." - „Adam, was gibt's?"

„Ich habe O'Connor vorhin angerufen und ihn gefragt, auf welches Revier ich muss. Zum Glück hat er mir geantwortet, dass wir auf dem 19ten zu Gast sind. Wissen Sie, worauf ich hinaus möchte, Melinda?"

„Nein."

„Sie haben vergessen, mir Bescheid zu sagen. Ich war der einzige Ahnungslose."

„Vielleicht hab' ich Sie ja gar nicht vergessen."

„Argh, Sie bringen mich noch um den Verstand!"

„Das hoffe ich doch."

„Als Wiedergutmachung dürfen Sie mich von Zuhause abholen. Die Adresse kennen Sie ja. Ich erwarte Sie in spätestens anderthalb Stunden vor meinem Grundstück."

„Stopp! Warum fahren Sie nicht mit Ihrem Zweitwagen? Warum sollte ausgerechnet ich Sie abholen?", fragte sie aufgebracht.

„Weil ich mit meinem anderen Auto nicht so gern fahre. Außerdem hatten Asustín und O'Connor keinen Bock, noch ein drittes Mal nach Hempstead zu fahren, weshalb Sie, Mel, Roya Flint holen sollen. Und ich dachte mir, da es kein großer Umweg ist, schnell noch nach Long Beach zu fahren, dass Sie mich mitnehmen würden."

„Nein!"

„Warum?"

„Darum!"

„Ob Sie erst von Manhattan nach Long Beach und dann nach Hempstead fahren oder von Manhattan gleich nach Hempstead, macht keinen Unterschied!"

„Für mich macht das schon einen Unterschied", konterte Grant.

„Bitte, Mel."

„Nein!"

„Bitte."

„Nein!"

„Ich zahle auch die nächsten Tankfüllungen", schlug Coon vor.

„Okay, ich bin in anderthalb Stunden bei Ihnen."

Als Grant vor Coons Anwesen hielt, stand dieser bereits wartend davor. Lächelnd stieg er zu ihr ins Auto. Kurz darauf fuhr sie los. „Na, schön. Erzählen Sie mir, warum Sie nur ungern mit dem anderen Auto fahren." Sofort schwand das Lächeln aus Coons Gesicht zu demselben emotionslosen Gesicht, welches er immer hatte, wenn es um seine Vergangenheit bei FINK ging. „Die Sache ist die, ich kann in dem Auto einfach nicht mehr fahren. Daran hängen zu viele Erinnerungen. Zum Beispiel bin ich mit dem Auto das erste Mal zu einem gemeinsamen Auftrag mit Katherine gefahren. Oder die

Fahrt vom Standesamt zur Feier. Oder Graces erster Ausflug, der war auch in dem Auto."

„Verstehe", nickte Grant. „Was ist das eigentlich für ein Auto?"

„Ein Lotus Elite Competition."

„59er Baujahr?"

„Ja. Woher wissen Sie das?"

„Sagen wir einfach, ich hab' einen Sinn für schnieke Wagen, Adam."

Die Fahrt dauerte noch zwanzig Minuten, also schaltete Coon das Radio ein. Er drehte die Lautstärke höher und beobachtete die Landschaft, die an ihm vorbeizog, bis er plötzlich anfing mitzusingen. „But I would walk 500 miles. And I would walk 500 more. Just to be the man, who walked 1000 miles to fall down at your door. Tadaalala lalala ..." Grant schaute ihn wütend an. „Entschuldigung." Schnell schaltete Coon auf den nächsten Sender. »Sweet home Alabama!«, dröhnte es aus den Boxen. „Denken Sie nicht mal daran mitzusingen, Adam." Wieder wechselte Coon den Sender. „If you're going to San Francisco", summte er.

„Adam!"

„Gut. Dann nehmen wir halt den Sportkanal."

»Heute spielen die Seattle Sea Hawks gegen die Toronto Argonauts. So etwas hatten wir hier noch nie gehabt, dass ein Team der NFL *gegen ein Team aus der CFL spielt. Die Spieler beider Teams treten aufs Feld, begrüßen sich und stellen sich bereit, die Nationalhymnen zu singen. Angefangen mit der, der Gastgeber - mit der kanadischen Hymne ...«*

„Oh, Canada. Our home and nativeland. True patriot love in all thy son's command ..."

„Verdammt nochmal, Adam!"

„Auch nicht?.."

„Nein! Die Hymne der USA werden wir auch nicht singen! Wir schalten das Radio jetzt aus, wir sind nämlich da." Grant deutete auf das Wohnhaus vor ihnen, zog den Zündschlüssel und stieg aus. Coon tat es ihr gleich und begleitete sie anschließend ins Haus. Auf der anderen Seite der Eingangstür erwartete sie eine Lobby. Sie durchquerten den Eingangsbereich und stiegen in einen der zwei Fahrstühle. Informationen zufolge wohnte Roya Flint im neunten Stock. Dort angekommen, mussten sie noch das Apartment 9d ausfindig machen.

„Gefunden", triumphierte Coon. Grant trat neben ihn und klopfte dreimal, bevor sie sagte: „NYPD! Machen Sie die Tür auf, Roya." Nichts rührte sich an der Tür, bis plötzlich etwas in der Wohnung polterte. Der Detective und ihr Partner sahen sich an. Dann nickte sie und trat einen Schritt zurück. Coon freute sich wie ein kleiner Junge, da Grant ihm im Fahrstuhl versprochen hatte, dass, wenn Flint nicht öffnen würde, er die Tür eintreten dürfe. Coon holte Schwung und trat zu.

Die Tür sprang auf, Coon, gefolgt von Grant, ging hinein und brüllte: „NPYD! Treten Sie vom Fenster zurück, Flint!" Die Verdächtige hielt in ihrer Bewegung inne, als würde sie überlegen, doch zu fliehen. Tat dann aber doch, was man ihr befohlen hatte. Grant schob sich an Coon vorbei und stellte sich vor Flint. „Hände auf den Rücken und umdrehen."

Grant legte ihr die Handschellen an. „Roya Flint, Sie sind vorläufig festgenommen, da der dringende Tatverdacht besteht, dass Sie Sarah Hawley ermordet haben."

„Sie haben das Recht zu schweigen. Alles, was Sie sagen, kann und wird vor Gericht gegen Sie verwendet werden. Sie dürfen einen Anwalt konsultieren. Sollte dies aus finanziellen Gründen nicht möglich sein, wird Ihnen der Bundesstaat New York einen Rechtsverteidiger stellen", übernahm Coon die Rechtsbelehrung, indessen er Grant und Flint hinterherlief.

„Da seid ihr ja endlich", grüßte Asustín. „Ich kann euch sagen, die Raumaufteilung hier ist schrecklich. Und da dachte ich immer, unser Revier wäre das schlimmste in New York."

„Was hat so lange gedauert?", wollte O'Connor wissen.

„Ich musste unser Anhängsel abholen", antwortete Grant.

„Und vorher hat sie mich noch geholt", warf Coon ein. Die

Detectives lachten. Selbst Roya Flint, die von Coon festgehalten wurde, lachte mit.

„Adam, ich hab' doch schon erklärt, dass ich Sie vorher abholen musste", feixte Grant. Jetzt verstand Coon das Gelächter.

„Oh ja, ich lache mich schlapp. Wissen Sie was, Sie sollten lieber bei Ihrem Polizistenhumor bleiben."

„Na, gut", meinte Grant. „Dann hab' ich noch einen. Wollen ein Detective und dessen Berater einen Verdächtigen mit aufs Revier nehmen. Tritt der Berater die Wohnungstür ein, stürmt rein und sagt?.." Coon verengte seine Augen zu Schlitzen, während die anderen Detectives unwissend mit den Schultern zuckten. Grant beendete den Witz. „Er tritt die Tür ein, stürmt rein und sagt: NPYD!"

„Adam hat wirklich NPYD gesagt?", fragte O'Connor ungläubig.

„Ja!" Wieder lachten die Detectives laut los.

„So, Schluss jetzt. Tico, Max, Sie beide vernehmen Roya Flint", unterbrach Coon den Frohsinn der Ermittler und schob ihnen die Verdächtige herüber.

„Seit wann dürfen Sie Befehle verteilen, Mr. Anhängsel?", fragte Asustín belustigt.

„Seitdem ich Menschen mit gerade mal zwei Fingern ausknipsen kann", gab Coon bedrohlich zurück.

„Wollen Sie mir etwa drohen?"

„Vielleicht."

„Sie wissen schon, sollten Sie Ihre Drohung wahrmachen, werden die anderen Cops Sie ebenfalls töten."

„Möglicherweise. Aber Sie wären dann trotzdem tot, Detective Asustín."

„Gut gekontert. Punkt für Mr. Anhängsel", fiel O'Connor seinem Kumpel in den Rücken. Griesgrämig führte Asustín Flint in den Verhörraum, O'Connor konnte sich das Grinsen nicht verkneifen.

KAPITEL NEUN

Grant und Coon verfolgten die Vernehmung von der anderen Seite des Spiegels. Seit zehn Minuten starrten sich Asustín, O'Connor und Roya Flint gegenseitig an, ohne etwas zu sagen.

„Wie lange, denken Sie, wird das noch so weitergehen?"

„Adam, Sie brauchen nicht zu flüstern, die können uns nicht hören", erläuterte Grant abermals.

Coon nickte. „Ich glaube, ich werde ein Buch schreiben. *Vom Attentäter zum offiziell-inoffiziellen Berater des NYPD*."

„Sie sollten erst mal eins lesen, bevor Sie eins schreiben", neckte sie ihn.

„Wissen Sie, Mel, Worte schmerzen mehr als Messer. Denn Messer können ihr Ziel verfehlen, doch Worte treffen immer."

„Uh, Mr. Anhängsel wird zu Mr. poetischer-Langweiler."

„Ich schwelge lediglich in Erinnerungen an mein zwölftes

Lebensjahr, als ich mich mit Literatur beschäftigte."

„Und ich lerne jede Stunde Neues über Sie", lachte Grant und Coon fragte ungläubig: „Jede Stunde?"

„Ja, Sie sind ein interessanter, vielseitiger Mann, da ist das nicht allzu schwer." Coon grinste selbstgefällig vor sich hin und schaute wieder zu Roya Flint, die immer noch schwieg.

„Hat es Ihnen die Sprache verschlagen oder warum kommt jetzt keiner Ihrer abfälligen Kommentare?"

Coon drehte sich zu Grant. „Der Gentleman genießt und schweigt", war seine einzige Antwort.

„Ich kenne Besseres von Ihnen, Adam."

Coon zuckte gleichgültig die Achseln. „Mein Großvater sagte immer: *Halte deinen Mund geschlossen, deine Augen offen und deine Geheimnisse vergraben.*"

„Das ist gar nicht mal so falsch", befürwortete Grant Coons Aussage.

Die Tür öffnete sich und hereinkam ein zufrieden wirkender Detective Tico El Asustín. „Was ist los?", fragte Grant.

„Flint hat gestanden. Habt ihr das nicht mitbekommen?"

„Na toll, ich habe das Geständnis verpasst, nur weil Sie einen besseren Spruch von mir hören wollten. Schönen Dank auch, Melinda", zeterte Coon.

Grant ignorierte ihn. „Wie lautet ihr Motiv?"

„Sie war mächtig wütend auf Sarah Hawley wegen der

Affäre mit Fenton McLaughlin. Das Bloßstellen in aller Öffentlichkeit hatte Flint nicht genügt, weshalb sie Sarah, unter dem Vorwand sich bei ihr dafür zu entschuldigen zu wollen, nach Manhattan zum Shoppen eingeladen hatte. Und wie die Entschuldigung ausging, wissen wir ja", erzählte Asustín.

„So klopft das Schicksal an die Forte", meinte Coon und verließ ebenfalls den Beobachtungsraum.

„In dem Fall traurig, aber wahr. Von Beethoven, stimmt's?", einer der beiden Cops, die Roya Flint abführten, sah Coon fragend an. „Richtig, Officer", er schaute kurz auf die Namensplakette, „Officer Lens." Danach gingen die Cops mit Flint weiter zum Fahrstuhl.

Da die Anfahrt von Hempstead nach New York City zu zeitaufwendig gewesen wäre, standen nun die Detectives Asustín, O'Connor und Grant und ihr Berater Coon um ein Telefon herum. „Wir sind Ihnen und Ihren Kollegen so unendlich dankbar, Detective Grant. Und ich bin der festen Überzeugung, dass Sarah, wo immer sie jetzt auch sein mag, Ihnen genauso dankbar ist", sprach Mrs. Hawley.

„Wir haben nur unseren Job gemacht. Okay, wir Detectives haben unseren Job gemacht. Was unser Berater, Mr. Coon, gemacht hat, weiß ich nicht", meinte Grant.

„Hey!", Coon spielte kurz den Beleidigten, bevor er wieder lächelte und sagte: „Aber es stimmt."

„Nicht gerade die feine englische Art, wie Roya Flint Sarah Hawley ermordet hat, oder?", fragte Coon Grant, als er ihr beim Anziehen ihrer Jacke half.

„Na ja, wie hätten Sie sie denn umgebracht?"

„Hm, damals hatte ich meine Opfer immer kurz und schmerzlos beseitigt, einfach eine Kugel in den Kopf. Und manchmal habe ich danach den Eltern oder Lebensgefährten einen Strauß Blumen geschickt."

„Ich bin schockiert und erfreut zugleich", gestand Grant.

„Wieso?"

„Selbst als Tod in Person waren Sie ein Gentleman." Coon lächelte charmant und stieg mit ihr in den Aufzug. „Die Jungs und ich gehen immer in die *Monkey*-Bar, wenn wir einen Fall abgeschlossen haben. Wollen Sie vielleicht mitkommen?", fragte Grant. Beide traten aus dem Police Department hinaus.

„Euh, nein. Ich muss noch etwas erledigen."

„Und was?"

„Zu meinem Schneider gehen, damit er meine Maße nochmal nehmen kann für den neuen Anzug, den ich am Samstag brauche."

„Einen neuen Anzug?"

„Man wird schließlich nur einmal im Leben achtunddreißig, *Babe*." Grant packte Coon unsanft am Kragen und drückte ihn grob gegen eine Hausmauer. „Ich hab' über Sie recherchiert und verschiedene Zeitungsartikel über Sie gelesen. *Vom Attentäter zum Wohltäter* - First Press. *Adam Coon macht Millionen-Geschäfte an der Börse* - Wall Street Journal. *Adam Coon hilft Minister aus einer politischen Krise* - New York Post und Washington Post. *Adam Coon lässt sich von WADE Company nicht kleinkriegen* - Los Angeles Times. Aber was mir wirklich ins Auge gesprungen ist, waren die Artikel in der New York Times. Sie hatten wirklich zweiundvierzig verschiedene Frauen in einem Monat?"

„Ja", grinste Coon. Grant drückte ihn noch härter gegen die Mauer und kam ihm bedrohlich nah. „Nennen Sie mich noch einmal Babe und dann war's das mit den zweiundvierzig! Verstanden, Adam?"

„Unsere Gesichter sind gerade sehr, sehr nah beieinander", gab Coon verführerisch als Antwort zurück. Geniert ließ Grant von ihm ab. „Wir sehen uns morgen, Eure Schönheit." Grant gab ihm einen leichten Schlag auf den Hinterkopf und verabschiedete sich gleicherweise. „Bis morgen, mein Anhängsel."

Nach seiner Vermessung beim Schneider, kam Coon mit einem Taxi bei sich zuhause an. Er überlegte, ob er noch ein wenig in seinem Fitnessraum trainieren sollte, entschied sich dann aber doch für ein Glas Bourbon in seinem Arbeitszimmer. Er setzte sich an seinen Schreibtisch und überblickte den Börsenstand seiner Aktien. Unwillkürlich musste er an Grant denken, wie sie ihn an die Mauer gedrückt hatte und ihm von ihrer Recherche erzählt hatte. Alles war wahr, bis auf eins. Das mit den ganzen One-Night-Stands hatte nachgelassen seit seinem Job beim NYPD. Er war sich nicht vollkommen sicher, an was es lag. War es die Arbeit oder Detective Grant, die ihn das mit den vielen Frauen seien ließ? Er wusste es nicht.

02. November, 2012 - Mittag

„Tico, bist du das? Ich sag's dir, wenn du schon wieder dein Telefon bei mir vergessen hast, ich dreh' dir den Hals um."

„Von mir aus können Sie mir auch gern den Hintern versohlen, Alexa."

„Adam? Was machen Sie denn hier in der Pathologie?"

„Bessere Frage. Was läuft da zwischen Ihnen und Detective Asustín?"

„Nichts", antwortete Nye einen Tick zu schnell. „Meine Beziehung zu Tico ist rein platonisch."

„Ah ja, was Sie nicht sagen", meinte Coon sarkastisch.

„Werden Sie ja nicht zu überheblich."

„Was sollte mich davon abhalten?"

„Die Tatsache, dass nicht ich, sondern Sie mit Captain Moreno geschlafen haben."

„Das habe ich Grant ganz im Vertrauen gesagt, und sie hat es Ihnen trotzdem erzählt?"

„Anscheinend nicht nur mir. Denn das komplette 17te Revier weiß davon. Angeblich soll darüber auch schon ein Artikel in der Daily Times erschienen sein."

„Oh, Mann!", fluchte Coon und bekam ein mildes Lächeln von Nye geschenkt.

„Zurück zum Thema. Was machen Sie hier, Adam?"

Coon schaute die Latina ernst an. „Wir kennen uns zwar noch nicht lange ..."

„Wir haben vergangene Woche oft telefoniert."

„Ja, okay. Aber wir kennen uns trotzdem erst drei Wochen, und dennoch empfand ich es für angemessen, mich persönlich von Ihnen zu verabschieden."

„Verabschieden?" Nye schaute Coon ungläubig an.

„Ja, auf Wiedersehen sagen."

„Ach so, ich verstehe. Morgen ist Ihr Geburtstag und da

wollen Sie nicht da sein. Einfach untertauchen, clever."

„Nein, nicht des Geburtstages wegen."

„Sondern?"

„Aus familiären Gründen." Nye wollte etwas erwidern, doch Coon kam ihr zuvor. „Und nein, es geht nicht zurück in die kanadischen Wälder, welche ich als mein Heimatland bezeichnen würde."

Nye ging zu ihm. „Okay", sagte sie und streckte ihm ihre Hand entgegen. Die beiden gaben sich kurz die Hand. Und ohne ein weiteres Wort zu sagen, war Coon auch schon aus der Pathologie verschwunden auf dem Weg zum 19ten.

Der Kanadier ging zu dem Vierertisch, der Grant und ihrem Team zur Verfügung gestellt wurde. „Hey, Leute", begrüßte er die Detectives. Beide nickten.

„Mel ist nicht hier. Sie holt uns was vom Chinesen", erklärte Asustín.

„Nicht schlimm. Ich wollte sowieso mit Ihnen allein reden."

„Na ja, es ist schon schlimm. Immerhin sind Sie Mels Anhängsel, Mr. Anhängsel, und nicht unseres", meinte O'Connor und bekam dafür ein High-five von Asustín.

Coon hob eine Augenbraue. „Auf jeden Fall. Ich -", setzte er an, wurde aber durch das Klingeln des Telefons arg unterbrochen. O'Connor schnappte sich den Hörer. „Detective

O'Connor ... hm ... ja ... ja ... wir kommen sofort." Die anderen beiden schauten ihn neugierig an, nachdem er aufgelegt hatte. „Zwei tote Kinder vor der St. Bartholomew's Kirche." Die zwei Detectives nahmen sich ihre Jacken und wandten sich fragend zu Coon, welcher mit dem Kopf schüttelte. „Sie haben doch selbst gesagt, dass ich Mels Anhängsel bin", sagte er und schaute zu, wie die beiden im Fahrstuhl verschwanden.

Keine fünf Minuten später stand Grant mit drei Schachteln Chinesisch vor Coon. „Wo sind Ti und Max?", fragte sie und stellte die Schachteln ab. „Tote in der Park Avenue. Die beiden haben gesagt, dass sie das ohne Sie schaffen würden, weshalb Ihnen auch niemand Bescheid gegeben hat", log er. „Was gar nicht mal so übel ist, so habe ich die Möglichkeit, mit Ihnen unter vier Augen zu sprechen." Grant runzelte die Stirn „Es ist so, ich habe gestern über vieles angestrengt nachgedacht und bin zu einem Entschluss gekommen. Wie Sie sicher gemerkt haben, kann ich mit dem Tod von Kate und Grace selbst nach drei Jahren immer noch nicht richtig umgehen. Nachdem mir Brick entwischt ist, brauchte ich eine Auszeit ..."
„Adam, kommen Sie bitte auf den Punkt", flehte Grant

beinahe. Coon stand auf und trat dicht vor sie. „Ich brauche Abstand von alldem hier. Ich brauche Zeit zum Nachdenken. Zeit, um endgültig mit meiner Vergangenheit abzuschließen. Ob ich Brick kriege oder nicht, das erst einmal außen vor."

„Sie wollen also gehen", stellte Grant traurig fest.

„Ja, ich habe heute Morgen meinen „Dienst" quittiert. Besser gesagt, ich habe Captain Moreno einen Brief hinterlegt."

„Und was meinen Sie, wie lange Sie wegbleiben?"

„Ich weiß es nicht."

„Werden Sie wenigstens hier in New York bleiben?"

„Keine Ahnung."

„Klar", seufzte Grant.

„Noch ein letztes Mal COONMAN befummeln?", scherzte Coon. Grant nickte und wurde von ihm in den Arm genommen. „COONMAN?"

„Wird wiederkommen. Denn glauben Sie mir, mich wird man so schnell nicht wieder los", flüsterte er gegen ihr offenes Haar. Grant drückte sich noch fester an ihn und klammerte sich förmlich an ihn. „Ich werd' dich vermissen", sagte sie ebenso leise. Coon lockerte seinen Griff und Grant wusste, dass es auch für sie Zeit war, loszulassen. Nach zahlreichen Gesprächen mit ihrer besten Freundin war Grant sich zu hundert Prozent sicher. Sie hatte sich tatsächlich in Adam Coon, den Frauenhelden schlechthin, verliebt. Coon nahm sich seine

Jacke und ging zum Fahrstuhl. Er stieg hinein. Drehte sich um. Hob noch einmal die Hand. Dann schlossen sich die Türen und er war weg.